Jours de pluie

Lettres de l'océan Indien

Fondée par Maguy Albet et Alain Mabanckou, cette collection regroupe des œuvres littéraires issues des îles de l'océan Indien et tout particulièrement de l'archipel des Comores, des îles de Madagascar et de La Réunion, de Mayotte ou des Seychelles. La collection accueille des œuvres directement rédigées en langue française ou des traductions.

Derniers titres parus

Sophie BOISSON, *À la lueur des lampes à pétrole*, 2016.
Omar TOIOUIL, *La quatrième vérité*, 2016.
Guy MEYER, *La maison jaune*, 2016.
Julien de CORNIÈRE, *Paris-Nantes. Roman*, 2016.
Jahh-Raffion GUÉ, *Le Révolutionnaire*, 2015.
Ibrahim ALI, *Rives à dérives*, 2014.
Expédite LAOPE-CERNEAUX, *Clotilde, de la servitude à la liberté*, 2014.
David JAOMANORO, *Le mangeur de cactus*, 2013.
Umar TIMOL, *Le monstre*, 2013.
Halima GRIMAL, *Le Manuscrit de la femme amputée*, 2013.
Quraishiyah DURBARRY, *Féminin pluriel*, 2013.
Christine RANARIVELO, *Le Panama malgache*, 2011.

Ces douze derniers titres de la collection sont classés par ordre chronologique en commençant par le plus récent.

La liste complète des parutions, avec une courte présentation du contenu des ouvrages, peut être consultée sur le site www.harmattan.fr

Pascal Graff

Jours de pluie

Roman

Du même auteur

Les Eaux vives. Portraits de femmes, nouvelles, Les presses littéraires, Saint-Estève, 2009, 47 p.

La Présentation au roi et autres histoires de rencontres, nouvelles, Les presses littéraires, Saint-Estève, 2017, 119 p.

5-7, rue de l'Ecole-Polytechnique, 75005 Paris

http://www.editions-harmattan.fr

ISBN : 978-2-343-16588-2
EAN : 9782343165882

PREMIER JOUR

L'arrivée sur Saint-Peter délivre d'emblée un petit frisson. Après huit mille kilomètres de ciel doux comme du coton, l'océan tout d'un coup envahit le hublot à côté de moi. Nous survolons quelque temps l'île d'Antiba, toute plate et entourée de plages blanches. Puis les collines de Saint-Peter apparaissent, et la vraie descente peut commencer. Le pilote doit contourner la cordillère centrale, amorcer un brusque virage à gauche, et sitôt après il pique vers le sol. Là, l'hôtesse de l'air a vite fait de nous demander de nous attacher et regagne déjà son siège, face aux passagers. Personne ne bronche, chacun est bien calé dans son fauteuil, ceinture bouclée, la tête tenue en arrière, les mains crispées sur les accoudoirs. L'instant n'est pas de tout repos, mais on sent bien battre son cœur : d'un certain point de vue c'est rassurant. Tiens, le badge de l'hôtesse, en forme d'ailes, s'est dégrafé de son corsage. Elle sourit un peu, mais ses mains restent aussi figées que celles des passagers. Attendons. Encore un petit moment et nous sentons l'appareil se poser, puis freiner de toutes ses forces. J'ai lu dans un guide touristique que la piste est courte, et au bout se trouve la mer. Bon, pour le bain ce sera une autre fois. L'hôtesse, première détachée, très professionnelle, a ramassé son badge. Nous respirons avec elle et nous applaudissons le pilote.

À l'extérieur, les tropiques nous souhaitent la bienvenue. Ce n'est certes pas une jeune beauté sortie d'une carte postale, non c'est autre chose. Comme un poids lourd qui se pose sur la tête, assommant, qui donne le vertige avant de descendre la passerelle. Un vent décapant vient nous lécher le visage, et c'est un air nouveau qui s'insuffle en nous. Maintenant, il va s'agir de vivre avec ça, avec cette présence de tous les instants, cette vérité qui nous tombe dessus : il fait chaud. J'avais été pourtant prévenu. Tous les guides, tous les livres en parlent. Mais c'est difficile à saisir : le nom même de la saison, l'hivernage, induit en erreur. Il y a dans ce mot comme une nuance de l'hiver censée édulcorer la chaleur. Et bien, non, en réalité il fait terriblement chaud, lourd, c'est agressif. Le côté faussement hivernal ne peut venir que de la pluie. C'est elle qui risque de perturber la vie, imposer des limites aux hommes, les vaincre parfois. Mais d'hiver, point.

Enfin, un coup d'œil aux alentours, et nous touchons vraiment terre. C'est petit, tout est petit. L'aéroport, avec sa jolie tour à damier rouge et blanc, a des faux airs de Tintin : on a marché sur Saint-Peter. Les hangars sont d'un bleu très maritime. Abandonnés dans un recoin, gisent trois coucous, tout petits, cassés.

Deux files s'ordonnent sous l'œil attentif de douaniers pas très souriants ; à gauche les résidents, à droite les touristes :

— *Gimme your passport, please.*

— *Yes, Sir !*

Saint-Peter est anglophone, mais en fait on y parle aussi un peu de français, de créole haïtien, d'espagnol, un peu de tout. En ce qui me concerne, c'est surtout le français qui m'intéresse. Quoique, avec de la bonne volonté, je dois pouvoir comprendre deux ou trois mots d'anglais dans chaque phrase. Ça fait peu tout de même.

Au moment où ils passent devant moi, j'attrape au vol mes bagages avant qu'ils ne fassent un nouveau tour de piste. Aussitôt, un grand Noir dégingandé, vêtu d'un ensemble jaune à carreaux, s'approche de moi, me salue d'un hochement de tête et il saisit mes deux valises. Il les pose sur un chariot et sans m'attendre il quitte le hall. Je le suis, bien obligé, en me demandant où j'ai rangé mes billets d'un dollar. Dehors, le gars se plante devant le panneau *Taxis* et se retourne vers moi : il me tend la main. Personnellement, je la lui serrerais bien volontiers, mais ce n'est pas ce qu'il attend. Je lui glisse un billet vert.

— *OK !*

Et il disparaît à la recherche de nouvelles valises.

Malheureusement, la vingtaine de taxis présents ont déjà été capturés par des touristes de compétition. Je dois manquer d'entraînement. Je me retrouve là, au bord de la route, ne sachant pas vraiment quoi faire. Je dois rejoindre la capitale, The Plain, à environ douze kilomètres. Alors, je me résous à faire comme les autochtones. Je choisis un endroit qui me semble stratégique – sous un palmier, à cause de l'ombre– et j'attends, debout et vaillant. Ici, c'est ainsi qu'on fait du stop. On attend. Quelqu'un va certainement s'arrêter.

Quelques véhicules pressés me passent devant et déjà un petit camion à ridelles s'arrête. Je suis ravi, je souris au conducteur en m'approchant, et alors je m'entends dire :

— Non, c'est pour la femme !

Aussitôt, une stoppeuse essoufflée, jaillie trois palmiers avant moi, se précipite en courant :

— Merci Josié !

Ah, ils se connaissent. Tant pis, j'attendrai. Je reprends mon poste, qui n'est peut-être pas si stratégique que ça, et là, je sens qu'il fait véritablement chaud.

Après quelques minutes un peu plus longues que les précédentes, enfin une voiture s'arrête pour moi. En fait, c'est une sorte de petit van, d'une couleur orange énergique. Il me rappelle les services de l'Équipement, de l'autre côté de l'Atlantique. Je balbutie dans un grand sourire :

— *You go to The Plain ?*

— Oui, j'y vais justement.

Je suis content et en même temps un peu vexé. Comment en si peu de mots a-t-il pu deviner que je suis français ? Mon accent est-il à ce point mauvais ? Enfin, je grimpe sur le siège du passager, je cale mes valises derrière, et nous partons.

Au début, je suis un peu gêné, dans ce camion, seul à côté d'un inconnu. Et puis je me force à tourner la tête vers mon chauffeur. Immédiatement je suis conquis par son air sympathique. C'est un Noir d'une bonne soixantaine d'années, la figure encerclée par un curieux mélange de cheveux et de barbe. Deux grandes torsades finissent sa barbiche, et des *locks* ressemblant à de la corde étirent sa crinière jusqu'à ses épaules.

Il tourne à son tour la tête vers moi, et son visage est littéralement illuminé par un sourire magique. C'est une vieille canaille qui se transforme en poupon. Je suis sûr d'être assis aux côtés d'un ange mystérieux, d'un vieillard resté prisonnier de l'enfance. Il rit en montrant de superbes dents, que j'imagine être ses dents de lait, c'est fou. Il a le double de mon âge et j'ai l'impression que c'est un gosse, mais vénérable et sage. Il a mis la radio en marche, pas trop fort. C'est un *reggae* très doux, plutôt lent. Maintenant, tout va pour le mieux, je me décontracte.

— Je suis Élie, dit-il, artiste. Je fais des peintures. Et toi ?

— Je suis François, et je fais des voyages.

Il rit. Après un petit moment, j'ose reprendre contact :

— Que faites-vous comme genre de peinture ? De l'art haïtien ?

J'ai sorti ça sans trop savoir pourquoi, parce que j'en ai entendu parler.

— Non. Je peins ce qui me plaît. Tu n'as qu'à venir me voir un jour, chez moi. J'habite au village de Maho. Demande Élie, tout le monde me connaît.

— D'accord, j'essaierai de venir. Mais je ne reste qu'une semaine, c'est court.

— Oh, il peut se passer bien des choses en sept jours, tu sais ! Si tu ne peux pas venir ou que tu veux rester à The Plain, va au moins à l'église. Tu verras, la Vierge à l'Enfant, au-dessus du chœur, c'est moi qui l'ai peinte.

— *OK !* Je n'y manquerai pas. Mais j'essaierai de passer à Maho, tout de même.

Le reste du voyage se passe dans un silence de vieilles connaissances, quand on ne se sent plus obligé de parler. C'est calme, rassurant et simple. Ce gars me plaît bien. Il faudrait que je fasse un effort pour lui. Et puis, de toute façon, je suis libre d'occuper sept jours à ma guise, alors pourquoi pas une visite à son atelier ?

Quelques minutes plus tard, nous sommes arrivés dans la rue principale de The Plain, la petite capitale de l'île. Nous remontons Main Road jusqu'au carrefour de Nelson Road, où se trouve mon hôtel, et je descends du van. Je donne une bonne poignée de main à Élie, et me voilà presque arrivé.

Il me reste à marcher deux cents mètres environ, mes valises à la main. Et c'est plus long que je ne pensais. À chaque passant que je croise, sans que je ne connaisse personne ici, j'ai droit à un salut, « *Hello !* » ou « *Hi !* ». C'est étonnant mais chaleureux. Je commence à répondre. Comme chaque touriste qui se respecte, je guette mes émotions, je ne voudrais rien manquer. Il s'agit de me constituer un album souvenirs de sensations. Je ne le partagerai certainement qu'avec moi-même, personne ne sera là pour me rappeler tel ou tel moment. Alors il faut que je fasse bien attention à ne rien oublier. Après la chaleur, la principale sensation qui me semble nouvelle est l'odeur. Il flotte dans l'air une douceur inconnue, un parfum de sucre oriental ou d'épice tropicale, je ne saurais dire. Au début, je pense que c'est attaché aux personnes : « Oh ! Les gens d'ici sentent bon ! ». Mais non, c'est trop général, c'est diffus. Peut-être des fleurs mystérieuses, ou peut-être un magicien noir a-t-il saupoudré l'île de cannelle ?

À présent, je suis à mon hôtel, la résidence Roselia. C'est une bâtisse qui se veut moderne, tout en conservant une trace du style créole. Il y a un balcon à l'étage, tout le long de la façade, avec des colonnettes en bois. Les murs sont couverts d'un jaune vif et le toit est vert, comme pour beaucoup d'autres maisons. Le bureau de la réception est désert, il n'y a même pas de jolie hôtesse. Je presse sur le bouton de la sonnette, et aussitôt j'entends des pas débouler l'escalier. Une porte s'ouvre, et apparaît le gérant. C'est un petit Blanc, sec et tout en nerfs. Il a le sourire aiguisé et il parle merveilleusement le français avec un petit peu d'accent anglais. Il se nomme Jerry, cela fait vingt-deux ans qu'il vit à Saint-Peter, je peux lui demander n'importe quoi, il connaît tout. Fort bien. Pour le moment, il se fait payer la location, et puis il me donne une carte de l'île, publiée par l'office du tourisme spécialement pour moi, avec un plan de The Plain au verso. Là, Jerry prend son stylo et biffe certaines rues : « C'est pas bon d'aller ici le nouit, à cause des bandits qui attaquent les touristes. Ce parking aussi est à éviter, le nouit. Il y a du crack, tu sais ça ? » Ça, les guides touristiques n'en parlent pas.

Jerry prend ma clé de chambre au tableau et me prie de le suivre. Nous sortons par derrière, nous sommes dans un jardin intérieur. C'est petit, serré mais mignon. Des allées verdoyantes nous font glisser entre les bungalows, on se croirait dans une minuscule jungle de lauriers roses et de palmiers. C'est frais et si différent de la France, je prends mon premier bain d'exotisme. Jerry me montre la piscine, petite tache de bleu au milieu du végétal. Je souris de contentement. Je tourne un peu la tête, j'attends de voir surgir une panthère du douanier Rousseau. Non, c'est Jerry qui m'indique mon domaine : un bungalow deux-pièces, trente mètres carrés pour une semaine.

Mon abri pour les vacances me plaît bien. C'est coquet. Le mobilier en rotin me séduit, un beau fauteuil en particulier, doté d'un moelleux coussin blanc, est mon préféré. C'est là que je m'assois pour écrire mon journal de bord. Bon commerçant, Jerry a placé une bouteille de punch-coco, sur la table : « C'est un cadeau de bienvenue, dit-il, tu le bois *on the rocks* ». Je lui demande où il est possible d'acheter des denrées, de la nourriture. À cinquante mètres sur le trottoir d'en face, il y a un Chinois qui prépare des plats à emporter. Sinon, il y a aussi des épiceries, et deux supermarchés. Bon, pour ce soir le restaurant chinois fera l'affaire.

Dans l'immédiat, je me sens envahi par le besoin irrépressible de m'allonger. La fatigue du voyage, la chaleur, l'envie de se poser quelque part après tant de mouvement, tout me pousse à vouloir être couché. Je fais le point de ma situation, je médite un peu : ce n'est pas si mal. Je suis arrivé. Content. Comme si en prendre conscience était sécurisant. Alors je peux m'abandonner, et sans le vouloir je me suis endormi. J'étais bien.

Deux heures plus tard, je me réveille. Reposé, détendu, je décide de ranger mes petites affaires. Une première valise est pleine de vêtements ; je les dispose soigneusement dans une armoire. La deuxième valise est pleine de matériel pour profiter de la mer ou de la montagne : palmes et masque de plongée ou chaussures de randonnée. J'ai hâte de m'amuser avec tout ça. J'ai acheté le masque spécialement pour venir ici. Pour le moment, je sors faire quelques pas dans le jardin.

La nuit s'est couchée tôt, vers 18 h. Des lumières en forme de torche fantaisie se sont allumées dans les allées, et je décide de savourer un peu de punch-coco au bord de la piscine. La terrasse est couverte d'une élégante pergola verte, je m'assois dans un fauteuil profond qui me tend les bras. L'eau, éclairée elle aussi, vibre de reflets bleus, et le carrelage du fond lui tresse des guirlandes d'émeraude. Je suis bien, un peu seul, mais bien.

Après un moment, la surface de l'eau se met à frémir, un léger clapotis vient même taper contre les bords de la piscine. Je le remarque alors : le vent se lève. Les abords de la terrasse tout d'un coup prennent vie et sortent de la nuit. Toute une rangée de petits arbres se révèle, qui tremble et chante. De longues feuilles pendantes agitent leurs franges et claquent maintenant dans le vent. Un grand souffle mystérieux envahit la place, la nature fait irruption dans ma paisible retraite.

Les bourrasques se succèdent, l'air devient un fouet qui frappe avec force les petits arbres. Ils se plient, se courbent pour mieux supporter les coups, puis se relèvent fièrement, pour ensuite presque toucher le sol de leurs longues feuilles. Un vacarme tombe du ciel sur le toit de la pergola et dessine des ronds toujours renouvelés dans la piscine. Une averse de pluie transperce la nuit, brutale, violente, dans un bruit à faire peur. L'endroit si calme devient oppressant, et pourtant je suis à l'abri. J'ai l'impression d'être assiégé. Je ne peux que regarder et attendre.

Après quelques minutes qui semblent une éternité, la pluie cesse. La terrasse brille de son humidité toute neuve. Je suis soulagé, les choses reviennent à la normale, la piscine retrouve son calme, les arbres sont apaisés. Je me lève et je m'approche d'eux. Leurs feuilles à franges ressemblent à des lames de scie, mais douces au toucher. Des perles d'eau ruissellent sur leur dos, dans une rainure. Je ne connais pas ces arbres. Et puis l'un d'eux me montre une curiosité : comme une grosse gousse, énorme, dure et violette. Au-dessus, des petits fruits sont accouplés, une vingtaine environ. Ils sont verts et maintenant je les reconnais. Je souris en pensant à ces valeureux petits arbres-chevaliers qui l'instant d'avant luttaient contre le vent : ce sont des bananiers.

DEUXIÈME JOUR

Ce matin, je me suis levé tôt, vers 7 heures. Quitte à être sous les tropiques, autant vivre à un rythme tropical. Si je suis fatigué, je ferai une sieste l'après-midi. Je veux faire connaissance avec The Plain et sa vie colorée. Dans la rue tout semble calme pour le moment. Beaucoup de boutiques sont encore fermées, les voitures sont rares. Les passants sont les mêmes qu'hier : polis, ils sentent bon et ils traversent aux passages pour piétons. Les automobilistes, eux aussi, sont respectueux et les laissent passer. Nous sommes aux antipodes de Paris.

Avant de quitter l'hôtel ce matin, j'avais demandé à Jerry de m'indiquer un loueur de voitures. Il m'avait donné une petite carte qui annonçait « *Danny rent a car* », avec l'adresse. J'y suis vite arrivé. Deux-cents dollars plus tard, me voici équipé d'une Feroza. C'est un petit 4x4 décapotable, idéal pour un pays ensoleillé, où les routes sont souvent des chemins. Je peux donc partir à la découverte de Saint-Peter. Un guide que je m'étais acheté avant le voyage parlait de « beauté à couper le souffle ». Bon, c'est vrai, c'est joli. Mais tout de même, il n'y a pas de quoi se pâmer. Les collines du centre –les locaux disent « la montagne »- culminent à 600 mètres, pas de quoi fouetter un Savoyard. Vue de loin, la forêt forme un bel ensemble vert. Je me la garde pour un autre jour. Pour le moment, je veux voir la mer. Pouvoir se baigner dans la mer des Caraïbes. Une eau à vingt-cinq degrés en novembre. C'est sûr, ça va épater les copains au retour. Quand j'ai quitté Paris, il tombait de la grêle.

Sur la côte est de l'île, il y a une succession de jolis coins. La plage mythique de Sunrise Bay ne m'attire pas : c'est le Saint-Tropez des îles, avec restaurants, animations, foule et bruit garantis. Non, je n'ai pas fait huit mille kilomètres pour retrouver la Côte d'Azur. Par contre, il paraît que Wilbur Bay a gardé un petit cachet naturel. Oui, je fais partie de ces allumés qui tournent sur la planète avec la nostalgique idée que, quelque part, se cache un endroit intact. Je veux le trouver. Je veux sentir la beauté de cette île en moi, je veux aimer cette mer turquoise, je veux voir des oiseaux comme dans les livres, je veux goûter des fruits inconnus, je veux plonger dans cette chaleur, entrer dans ce monde-là.

Sur l'île, les panneaux indiquent des villages que personne ne cherche : ce sont les plages que les touristes essaient de débusquer. Les hôtels fournissent donc la carte du pays, qui égraine un chapelet d'une bonne trentaine de plages. Curieusement, on ne les appelle pas *beach,* mais *bay* : c'est la mer qui prévaut et qui baptise le petit bout de terre où elle vient se lover. Les côtes sont une succession de petites anses, discrètes, parfois même secrètes ; rien sur la route ne permet de soupçonner leur existence. Aussi, à plusieurs reprises, je dois m'arrêter sur le bas-côté pour trouver un point de repère. Oui, ce doit être là, après le virage, un chemin doit naître, sur ce côté gauche. Cela tombe bien, c'est de ce côté que je roule.

Voilà, je quitte la route. C'est un sentier de terre et de pierres, je suis content d'être en 4x4. Tout de même, 4x4 ou pas, on sent bien les trous. C'est étrange que les chemins les plus recherchés des touristes n'aient pas encore été goudronnés. Ce doit être une question de style, ça fait plus authentique. Après quelque huit cents mètres de cette route pleine de zigzags et de soubresauts, à la recherche de la meilleure voie possible –sans ornières s'il vous plaît– au détour du dix-huitième virage, apparaît enfin la mer.

Je m'arrête un moment. J'y suis, je contemple. La surface de l'eau frissonne tout doucement, avec un liseré blanc à chaque vaguelette qui vient s'éteindre sur la plage. Le bleu n'est pas aussi intense que le ciel, et bien plus beau, avec une teinte qui le rapproche du vert. On dirait une grande émeraude, toute liquide, qui ondoie, qui ondule, montre des fonds marins tordus par le mouvement des vagues et la chaleur. Et plus loin, là où le soleil irise les flots, le bleu s'évanouit définitivement et laisse la place à l'argent : tout brille, tout n'est que lumière. En cet instant précis, quand je découvre ce spectacle, je me demande comment j'ai pu vivre si longtemps sans venir chercher ça. Au bout du chemin, trois ou quatre voitures stationnent déjà, sur un vague terrain qui tient lieu de parking. Je fais les cent derniers mètres à pied sans décoller les yeux de la mer. Pourtant, un moment elle disparaît, se cache alors que je traverse une petite cuvette et réapparaît, enfin à portée de main, offerte. Je sens mon cœur battre plus fort, d'excitation, comme si c'était le rêve de ma vie qui se réalisait.

Quelle drôle d'idée ! Ce n'est pourtant pas la première fois que je vois la mer, ni même que je voyage, mais là, sans que je sache pourquoi, tout est différent. En France, il y a des plages à trois cents kilomètres de chez moi, mais j'ai fait bien plus pour voir celle-ci. En France, en plein été, il m'est arrivé de prendre des bains à dix-huit degrés dans la Méditerranée. Ici, je me dis que ce doit être autre chose. Et puis, c'est un accomplissement, comme un rite initiatique auquel on a droit, à condition de faire le voyage. Un geste qu'il faut solenniser, une sensation à conserver pour l'éternité. Mon cœur bat encore plus fort. Je me suis déshabillé. Que le sable est chaud ! mais ça, c'est ordinaire. Vite, passons à l'essentiel. Je cours, tout en douceur. Trois familles sont déjà là, c'est peu sur une plage si étendue, elles me regardent, me sourient. Je suis ravi, comme un gamin. Au premier pas, l'eau est aussi fraîche qu'ailleurs. Je fais un peu le fier, je continue d'avancer. C'est vrai, l'eau est moins chaude que l'air ambiant, il y a comme un contraste. Mais enfin quoi, c'est la mer des Caraïbes ! Je me suis baigné dans le Morbihan, je me suis baigné dans des lacs de montagne, alors ici, ce n'est rien. Bon, je me mouille les flancs, la nuque, le ventre, je suis tout mouillé et tout frais. Alors, qu'est-ce qu'on attend pour être heureux ? Je plonge.

Et là, surprise. La mer est habitée, je ne suis pas seul. C'est la plus belle rencontre de ma vie, du point de vue esthétique. Dire que je vois des poissons est une évidence, mais c'est bien plus grandiose. Ça commence par un étonnement, une surprise en forme d'émerveillement. Il y en a tant, et si beaux, si vivants ! Rien à voir avec l'étal du marché où ils apparaissent tous gris ou noirs. Rien à voir avec un aquarium : il y manque la profondeur de l'eau dans laquelle on s'enfonce. Ici, dans cette petite baie du bout du monde, enfin je peux pénétrer cet élément nouveau. Je n'ai pas le temps de prendre mon tuba ni mes palmes. Je glisse entre deux vagues, juste sous la surface, je les découvre. Il y en a toujours un petit groupe, comme des éclaireurs, avancés au plus près de la côte. Ils se dispersent sous moi, au moment même où je crois pouvoir les toucher. Mes mains espèrent les frôler, et déjà ils se sont écartés. Les plus nombreux, et pourtant les plus précieux- c'est la première fois que je les rencontre, sont jaunes rayés de noir.

Faciles à distinguer, je les choisis comme cible élective de mes plongeons. Invariablement, à chaque nouvelle bouffée d'air, je souris de ravissement, la tête hors de l'eau, et aussitôt je file sous les vagues pour retrouver mes nouveaux copains de jeu. C'est simple comme un plaisir d'enfant, au point que cela me fait rire tout seul. C'est agréable comme une caresse d'adulte, cette eau qui se donne, cette chaleur humide, comme une maîtresse.

Pour prolonger le plaisir, où l'eau me porte, je me laisse aller. Le ciel est d'un bleu impérial, sans aucun nuage pour le moment. Là, je suis bien. Daniel, Farid, Béatrice, des prénoms venus de loin me dessinent un sourire sur les lèvres. Il fait froid à Paris. Mes amis, si vous saviez comme je suis bien. Je suis ressorti de l'eau heureux comme après une fête. C'était bon. À présent je sais pourquoi je suis venu, et pourquoi je reviendrai, demain et tous les jours. Il y a tant de plages, tant d'impressions possibles, tant de rencontres imaginables.

Je suis resté environ cinquante minutes dans l'eau, à poursuivre les poissons. C'est fou, j'avais l'impression d'être redevenu un vrai gosse. Mais aussitôt sorti du bain, je sens fondre sur moi la chaleur du soleil, accablante. Nul espoir de trouver de l'ombre ici, je préfère ne pas rester sur la plage. Direction The Plain, pour trouver un restaurant, ou tester un de ces petits *lolos* qui font à manger sur le trottoir. À un carrefour, j'ai justement trouvé ce qu'il me fallait. Un gros bonhomme, aidé d'un adolescent, fait un barbecue géant, sur des grills de deux mètres de large. Je lui demande ce qu'il fait cuire, il me répond :

— *Ribs ! c'est le meillour viande dans tout The Plain !*

Je me laisse tenter et lui achète un peu de son plat de côte de porc, à déguster avec les doigts, en marchant dans les rues de la ville. Par moments, je sens encore le parfum étonnant de la veille. C'est agréable et insidieux à la fois, comme un attachement par l'air, la sensation d'être retenu en douceur. Je ne peux plus me détacher de cette atmosphère-là, je vais au hasard. Je souris, je réponds bonjour, je continue.

Tout à coup, une étrange fatigue me prend, mes jambes se mettent à trembler sous moi. J'avais ignoré le décalage horaire, il finit par me rattraper. Bon, ce n'est pas bien grave, je rentre au Roselia et je m'allonge.

J'ai dormi jusqu'au soir. À mon réveil, c'est l'heure de dîner. J'ai le sentiment d'avoir perdu mon temps. Vite, je cours : le Chinois me prépare trois nems et une salade de crevettes à je ne sais quelle sauce, et je repars. En voiture. Je veux rattraper le temps perdu.

Une autre ressource de l'île, est constituée par les casinos : six en tout. C'est devenu une destination obligée pour les flambeurs. L'investissement pour Saint-Peter doit être minime : de grandes salles décorées de brillant, quelques chaises et des tables de jeu, le tour est joué. Et le nombre permet la diversité des styles : l'un est ouvert toute la journée, en pleine rue marchande, avec arrivage direct de gros croisiéristes en bermuda, ou bien plus chic, avec robes de soirée et voitures de luxe. Je choisis justement de découvrir ce dernier genre, je suis curieux de voir ces gens qui en ont – de la classe, je veux dire.

Peu après la sortie de The Plain, une petite route, soigneusement goudronnée celle-ci, m'amène vers un morceau de nuit plus noire. Je roule lentement en guettant le bout de mes phares. Je contourne un morne et là, surprise, une ville-lumière surgit de l'obscurité comme un gâteau d'anniversaire. De loin, je ne saurais dire si c'est une foire ou le château de la Belle au Bois dormant. Ça scintille de partout, avec de l'or, du bleu, du rouge, du vert. C'est éblouissant, clignotant et amusant tellement c'est kitsch. Sans m'en rendre compte, j'ai maintenant rattrapé une autre voiture. Pour une fois ce n'est pas un 4x4. Non, c'est une limousine de 6 mètres de long, blanche et mystérieuse qui glisse à vingt kilomètres à l'heure, comme une couleuvre de coton. Je la suis calmement, il serait malotru de doubler ici. À chaque *bump,* la grande auto s'arrête presque pour écraser le « gendarme-couché » tout en douceur. Un hoquet, et la magnifique voiture reprend sa route. Nous arrivons à un check-point. C'est l'usage ici, même si la Guerre Froide n'a guère laissé son empreinte. À l'entrée de chaque domaine, un vigile en uniforme regarde un peu la tête du conducteur, et invariablement lève la barrière. Nous entrons dans le *resort.*

En avançant, je distingue mieux ce qui m'attend. Une bonne partie de ces lumières sont en fait des bateaux. Oui, par dizaines, plus ou moins grands, de la vedette au voilier, tout un port est ici, qui baigne le casino. Sur le quai que j'aperçois, des groupes de personnes bien habillées débarquent, en descendant avec grâce de leur yacht. Que c'est élégant, ces grandes robes brillantes, illuminées de partout, qui traversent les allées. De loin, on dirait un défilé de sapins de Noël. Enfin, j'arrive à mon tour au casino. La gigantesque voiture s'est arrêtée sans crier gare, juste au bas des marches. Un jeune homme en costume s'affaire pour ouvrir les trois portes arrière, et une armée de jeunes beautés aux jambes démesurées et blanches surgit du véhicule. Je les regarde monter, pressées, piaillant et riant en se donnant la main. Oui, cet endroit est délicieusement magique : on y voit même des fées.

Ma voiture gentiment garée au parking par mes soins, les voituriers ont feint de ne pas voir ma petite Feroza, et moi aussi je peux monter le grand escalier. Je lève la tête vers l'arcade qui donne son nom à l'endroit : le *Rainbow Casino*. Des lumières projettent les couleurs de l'arc-en-ciel au milieu de la nuit, et tout paraît possible au pigeon qui gravit les marches : le monde est à lui.

Dès l'entrée, deux Noirs costauds saluent les nouveaux arrivants d'un hochement de tête, et les jaugent d'un rapide coup d'œil. Je m'imagine épinglé comme « pas-dangereux-pour-un sou ». Je souris en passant entre eux. La salle est à peu près grande comme le Palais des Sports, et les costauds ont tendance à se dupliquer. Seuls, le regard fixé sur une table, ou par groupes, parlant discrètement. Ils sont alignés sur le même modèle, imposant, avec diamant à l'oreille gauche, la droite occupée par un micro. Élégance musclée, costume noir à l'identique, chemise blanche et cravate. L'un deux, encore plus large que les autres, attire mon attention. Il a la mâchoire rectangulaire d'un dogue, le crâne impeccablement rasé, il me rappelle Mike Tyson. C'est le leader, il dirige la manœuvre, dispose ses hommes par de petits gestes tranquilles. Ce soir, j'apprécie de savoir qu'il est responsable de ma sécurité.

La vaste salle est en fait une juxtaposition de pièces, chacune avec son style. À gauche après le bar, une terrasse où sont assis quelques mélomanes : un petit orchestre joue les grands succès internationaux, à la demande. Quelques marches plus bas, et je serpente entre les tables. Me reviennent à l'esprit les paroles de « Macao, l'enfer du jeu », mais cela ne cadre pas du tout avec le *Rainbow*. Ici, tout est si net, si propre, on évolue dans la douceur organisée, sans le moindre bruit ou la moindre fumée. Pourtant, je vois bien quelques cigares, parfois un joueur heureux s'exclame et un petit groupe autour de lui l'applaudit. Mais l'espace est si grand qu'il amortit tous ces incidents, il les noie dans un calme de monastère. Tous ces gens me font sourire avec leurs bons gros visages de guimauve, s'alanguissant d'une table à l'autre. On les dirait tous shootés au sirop d'orgeat : c'est mou, c'est douillet, et ils ont l'air si content !

La seule distraction possible vient des hôtesses de jeu. De jolies filles, dans la même tenue bleue, les ongles peints avec art, qui manipulent les cartes avec une adresse inouïe, quoique dénuée de grâce. C'est très carré, professionnel, sans aucune fantaisie. D'ailleurs, chaque table a son ange gardien, un peu en retrait, qui veille. Même le sourire des jeunes femmes semble mécanique. Je change de salle.

À un guichet, les joueurs se pressent et, en échange de quelques billets, reçoivent un grand gobelet en carton avec l'équivalent en poids de pièces de dix ou cinquante cents. Aussitôt, ils se précipitent dans les allées des machines à sous. Ces dizaines de personnes assises face à leur bandit-manchot ne me paraissent guère intéressantes, elles se ressemblent toutes. Je dirige mes pas vers une autre salle.

Mon œil est alors attiré par des fesses rebondies qui pivotent doucement sur de hauts tabourets. Tout un chapelet de femmes est disposé en cercle autour d'une grande cage de verre. Je m'approche, intrigué : qu'est-ce qui peut ainsi captiver tant de jolies femmes au même endroit ? Elles parient sur des courses de chevaux, des petits chevaux en figurines qui se déplacent sur une piste genre Ben Hur. Il y a même un écran de télévision qui montre en direct la course, avec le commentaire d'une voix *off* surexcitée. Je trouve cela assez réjouissant, ou puéril je ne saurais dire. Que des adultes viennent ici parier comme en vrai, sur de faux canassons, avec le plus grand sérieux et la plus grande application, je ne peux m'empêcher d'en rire. Décidément, les humains sont si imaginatifs quand il s'agit d'inventer des manières de dépenser leurs dollars ! Tout de même, j'ai trouvé bien plus intéressant que ces pseudo-trotteurs.

Je me suis mis à tourner autour de cet hippodrome en verre, et l'air de rien, les yeux baissés, je contemple, j'admire, je soupèse, en toute discrétion cela va sans dire, ces magnifiques postérieurs qui glissent légèrement de gauche à droite, de droite à gauche sur ces grands tabourets rouges. Ces femmes, blanches ou noires, en robe ou en tailleur, sont toutes plus belles les unes que les autres, et si naïvement passionnées par leur jeu qu'on peut croire tout possible. Mais qu'est-ce que ceci ? Cette paire de fesses n'est pas si ronde... Un homme est là, planté entre deux élégantes, petite veste en flanelle, chapeau blanc posé un peu en arrière. Il joue, l'effronté, au milieu de ces femmes, le bienheureux, l'innocent qui ne voit pas sa chance. Je continue à tourner, de manière à me trouver face à lui. Cet homme est fin, élégant lui aussi, avec une jolie chemise rose, une petite moustache qui tranche sur son teint blanchi par la lumière des lieux. Il n'est pas noir, métis certainement. Il a de longs doigts qui appuient avec tact et rapidité sur les boutons du jeu, puis abandonnent une pièce ou deux au pari. Il commence à se lasser, il est un peu sérieux, se force à sourire. Dans un geste de dépit, il lâche ses dernières pièces, attend le tour de piste de l'ultime défaite, se lève et quitte le jeu.

Machinalement, je le suis. Il erre d'une allée à l'autre, attrapant un verre sur un plateau, et tout à coup se retourne face à moi. Je suis interdit, je ne sais plus quelle direction prendre. La jeune fille au plateau passe un instant entre nous, immédiatement il se saisit d'un autre verre et me le tend.

— *Eh ! man, a drink ?*

— *Yes, of course, it's a good idea!*

Mon accent doit avoir quelque chose de pitoyable, mais au moins il a le mérite de le faire rire. Il me pose la main sur l'épaule et m'entraîne.

— Viens, mon ami français, je vais te montrer quelque chose de younique : c'est bientôt l'heure du show, des danseuses, tu sais ça ?

Le gars au chapeau trouve une place sur un siège, me fait asseoir près de lui et me tend son verre pour trinquer.

— Frantz, je suis Frantz. Et toi ?

— François, enchanté !

— *Cool* ! Tu aimes ça ?

Pour l'imiter et pour vérifier ma première impression, je porte le verre à mes lèvres. Non, franchement ce n'est pas bon. Ça doit se voir à ma moue.

— Mais qu'est-ce que c'est ?

— Rhum-coca. Un peu de chez nous, un peu de l'Oncle Sam. Comment faire autrement ici ?

À cet instant, le jeune homme qui avait ouvert la portière de la limousine s'empare du micro et nous adresse un petit discours en anglais. L'orchestre s'est arrêté de jouer, et même les mélomanes tournent la tête vers l'annonceur. Je ne saisis que quelques mots, notamment « *dancing* » et « *from Russia* ». Allons bon : les fées que j'avais entrevues tout à l'heure étaient donc des artistes d'importation.

Une musique internationale – assez fade pour plaire à tout le monde – surgit des haut-parleurs, et un projecteur lance de la lumière sur un balcon, à quatre mètres du sol. Alors bondissent ces beautés exotiques, pâleur assurée et même rehaussée par la couleur de leurs collants et de leurs bustiers. Elles se tiennent bras dessus bras dessous, virevoltent et lèvent la jambe, tout en gardant un sourire vermeil bien rigide. C'est étonnant. C'est du french-cancan revu à la sauce disco, cela n'a pas d'époque, mais apparemment ça plaît. Les dames en particulier sont admiratives devant ces jetés de pied, tandis que les hommes savourent en connaisseurs les levés de cuisse. Frantz à côté de moi, n'en perd pas une miette et ponctue la chorégraphie de vivats enthousiastes.

— Ma préférée, c'est la petite brune à droite ! Quelle énergie ! Ouh là là ! Vas-y ma belle !

J'ai beau écarquiller les yeux, je ne trouve là rien de très excitant. Je suis d'ordinaire assez bon public, pour tout ce qui est drôle en particulier. Mais là, non, ce mini-show se prend trop au sérieux, sans la moindre note d'humour. Enfin, épuisées mais toujours souriantes, les danseuses saluent sous une salve d'applaudissements.

Frantz semble désespéré, comme un gosse puni. Il boit un petit coup et puis retrouve le sourire.

— C'est fini déjà, mais elles reviennent demain, tu sais ça ?

Ensemble, nous sortons du casino et nous marchons dans les allées, près du port. Nous nous asseyons sur des marches face à la mer. C'est romantique. Mais qu'est-ce que je raconte, je suis avec Frantz et c'est un homme ! Que me veut-il au fait ?

Après un petit moment, c'est Frantz qui rompt le silence :

— Ici, je suis heureux, tranquille, avec du plaisir pour les yeux, je veux dire les filles, jolies, *so sweet*. Avec du rhum-coca et un peu de sensation au jeu, c'est bon pour moi !

— Oui, sans doute. Mais ça ne doit pas suffire à remplir une vie tout de même ?

— Oh non, c'est tout le contraire de la vie ! Je ne suis pas... comment tu dis ? *Stupid... no,* inconscient, c'est ça : c'est parce que je n'ai rien que je viens ici. C'est comme les jeux du cirque à Rome ou comme le foot : on dépense un peu de monnaie, on passe un bon moment avec l'alcool, on sent une petite excitation avec le rhum et les filles et puis après, si on veut, on finit à l'Iguana. Et ça fait une vie toute minuscule.

— L'Iguana, qu'est-ce que c'est ?

— Une grande maison avec des filles très gentilles, *muy bonitas,* tu comprends ? Elles viennent de Santo-Domingo. C'est bon, tu sais ça ?

Je souris, mais cette vie-là me paraît bien vide.

— Mais si tu n'es pas dupe, pourquoi accepter ça ?

— Je vais te dire, mon ami. C'est la faute aux chiffres. En 1980, au moment de l'Indépendance, j'étais jeune. J'ai voulu rester sur l'île, devenir fonctionnaire : je suis professeur de mathématiques. J'étais optimiste, j'allais participer à la création d'un nouvel État ! C'était une bonne époque pour la jeunesse. *Yes,* pleins d'espoirs, nous étions. Alors j'ai fait des calculs, avec beaucoup de chiffres. Et j'étais prêt, j'étais OK.

— Quels chiffres ? Qu'est-ce que tu comptais donc ?

— J'ai acheté un bateau. Pas pour naviguer, non, je ne suis pas marin. Pour habiter là-dedans, c'était beau et avec tout le confort. J'étais si bien dans la marina de The Plain. J'avais fait un emprunt à la banque. En quinze ans, avec mon salaire de professeur, je devais avoir payé.

— Donc, 1980…, ça fait 1995 : c'est *cool,* c'est fini pour toi, tu n'as plus à payer !

— Non, pas *cool* du tout ! En 1988 est venu Gilbert, tu connais Gilbert ?

— Non, qui est-ce ?

— Un cyclone ! Très gros, terrible. Mais il a touché des pays plus importants, alors vos médias n'ont certainement pas parlé beaucoup de Saint-Peter.

— Ça ne me dit rien, mais j'étais jeune à cette époque. Et après ?

— Après, c'était différent. Toute la vie a été changée. Mon bateau cassé. Et l'assureur s'est sauvé au Canada : pas d'indemnisation. Il a fallu que je continue à payer tout, mais sans pouvoir habiter. Alors j'ai pris un appartement, en plus, avec un emprunt pour vingt-cinq ans cette fois. Les chiffres me disaient que je pouvais.

— Mais les chiffres ne prévoient pas tout !

— *Sure, yes, sure !* Et c'est à ce moment qu'il est venu, notre héros, notre sauveur national.

— Qui donc ?

— Robertson !

Ce nom effectivement me disait quelque chose. C'est le champion de l'Indépendance nationale ici. Je l'avais lu dans un guide sur Saint-Peter. D'abord maire de The Plain, il avait réussi à devenir aussi important que le gouverneur britannique puis, à l'indépendance, il avait été élu Premier ministre. Et réélu. Mais je ne voyais pas le rapport avec les problèmes d'argent de Frantz.

— Et après ? Qu'est-ce que ce Robertson a changé dans ta vie ?

— Mais tout ! Il est entré dans ma vie de tous les côtés, et c'est comme une maladie. D'abord comme Premier ministre, il a dirigé notre gouvernement très mal. Il voulait la *National Construction,* c'était sa politique. Par exemple, il préférait les Noirs aux Blancs pour les postes importants.

— C'est un peu logique après l'Indépendance.

— Peut-être, mais moi je suis chabin, métis, et bien c'est comme si on m'avait sorti de ma propre nation, je suis devenu un étranger dans mon pays, et spectateur : je regarde les autres monter, monter… même les idiots ! Et moi je suis resté petit prof ! Jamais, après vingt-cinq ans, je n'ai eu de promotion. Je devrais être directeur d'une école à cette heure. Je ne suis rien. »

Frantz s'est tu. Il sort de son veston une petite flasque, la débouche et me la tend :

— Bourbon ?

— Non, merci.

— Tu es trop sage, mon ami.

Et Frantz a recommencé à boire. Et à parler, alternativement : une phrase, une gorgée ; une phrase, une gorgée. Il me fait de la peine, mais pourquoi le lui dire ? Sa vie au bout du goulot, il continue :

— L'année après Gilbert, en 1989 donc, Robertson a arrêté la politique. Tout le monde faisait semblant d'être malheureux, il y avait des femmes qui pleuraient dans la rue. Elles auraient voulu être à lui, et lui n'aurait pas dit non, le cochon. Et là, il s'est lancé dans la Reconstruction, après sa Construction nationale. Comme homme d'affaires, il a développé le bâtiment. Il a racheté pour trois *cents* tous les terrains ravagés par Gilbert, parfois avec des cases tombées, des hôtels sans toit ; il promettait de tout refaire. Il disait « un toit pour chaque habitant ». On l'aimait, on lui faisait confiance.

— Et alors, il n'a pas reconstruit ?

— Oh si ! Tout le tour de la marina s'est couvert de buildings de vingt étages. Et après, avec une autre société, il a loué ou vendu les appartements. Pour ça, il s'est associé avec son frère, qui est banquier. Mon banquier. Mes prêts. Mes deux prêts, tu comprends ? Ce Robertson me tient dans sa main. Il aspire ma vie comme une paille dans un sorbet-coco. Maintenant que j'ai fini de payer mon bateau-fantôme, il me menace de prendre ma maison. Maudit appartement ! Maudits chiffres !

Frantz boit toujours. Il a les yeux qui brillent. Je ne sais si c'est l'alcool, la colère ou la tristesse.

— Reconstruction ! C'est un joli mot quand on l'entend. Surtout après Gilbert et ses ravages. Ça nous donne l'espoir au cœur. Une maison en dur. Un vrai toit qui ne s'écroulera jamais, on fait confiance, on signe, on paie et on est toujours pauvre ! Ça, ce n'est pas dans le contrat. C'est simplement dans le package des Antilles : c'est beau, c'est doux, c'est bon, mais on est pauvre. Oh ! Pas tous, bien sûr ! Lui, Robertson, il n'est pas malheureux dans son petit château dans la montagne.

Une gorgée plus loin, Frantz s'est levé, et se met à déclamer devant la mer ; il parle maintenant aux yachts accostés.

— Heureusement, nous avons Derek ! Derek, mon ami, pleure et chante pour nous, le poème des chabins :

« I had no nation now but the imagination.

After the white man, the niggers didn't want me

When the power swing to their side.

The first chain my hands and apologize,"'History" ;

The next said I wasn't black enough for their pride.

Ma seule nation désormais était l'imagination.

Après l'homme blanc, les négros n'ont pas voulu de moi

quand le pouvoir a basculé de leur côté.

Les premiers me lient les mains en s'excusant : « c'est l'Histoire » ;

pour l'orgueil des autres, je ne suis pas assez noir. »

Frantz s'est arrêté de réciter pour boire à nouveau, puis il reprend :

— Tu connais Derek Walcott, mon ami ? Prix Nobel de littérature, et c'est notre premier, avant Naipaul. Les Antillais sont forts pour dire et écrire, tu sais ça ? Écoute un peu les chiffres de la vérité, mon frère : à Cuba, il y a 11,3 millions d'habitants. En République dominicaine et à Haïti, un peu plus de 20 millions. À Porto-Rico, 3,8 millions ; en Jamaïque, 2,6 et à Trinidad 1,2. Avec les autres petites îles, cela nous donne 40 millions d'Antillais. Avec Naipaul qui l'a gagné cette année, nous avons deux prix Nobel de littérature. Deux pour 40 millions, tu te rends compte, l'ami ? Ça fait un Nobel pour 20 millions. À ce rythme, les États-Unis et leurs 300 millions d'habitants devraient en avoir quinze ! Mais ils n'en ont que onze ! Les Antillais sont plus forts que les Yankees ! *Uncle Sam* peut rentrer à la maison, nous sommes les meilleurs écrivains du monde !

Frantz était maintenant debout sur un banc. Il dansait, les bras en croix, sa petite flasque de bourbon à la main, son chapeau dans l'autre. Il était grand, gonflé par le vent du bonheur. Il était devenu le drapeau de la fierté antillaise. Il enfilait ses chiffres comme des perles et chaque perle était une de ces îles qu'il aimait tant. Dans ce petit port perdu de la Caraïbe, il se mêlait aux lumières des yachts et aux étoiles, il était beau.

Malheureusement pour Frantz, même aux Antilles il faut s'arrêter de marcher au bout du banc. Il est tombé. Je me suis précipité pour l'aider à se relever, et je l'ai assis. Il ne parlait plus. Il soupirait en soulevant gravement les épaules. Il a reposé son chapeau sur la tête, un peu en arrière. Puis, tout doucement, il a recommencé à parler :

— Naipaul est un traître. Quand il a reçu le Nobel, c'était en tant que sujet britannique. Tout ça parce qu'il n'est pas nègre et qu'il aime se faire appeler *Sir !* Il n'a qu'à traverser les bas quartiers de Manchester pour voir si on le prend vraiment pour un lord anglais. Tu parles ! Né près de Port of Spain, c'est en Angleterre, peut-être ? T'as beau être un Indien, Naipaul, que ça te plaise ou non, t'es antillais ! Sale traître… On t'aime bien quand même.

Frantz porte une dernière fois son bourbon à la bouche. Il est déçu, plus rien ne coule. Il retourne la flasque, pas une goutte ne vient :

— C'est fini. C'est l'heure de rentrer à The Plain. Demain, j'ai cours. Tu me ramènes, mon ami ?

— Volontiers. Tu n'as pas de voiture ?

— Pas les moyens. Je suis venu avec un gypsie-taxi, tu sais, un faux taxi. Il n'y en a pas à Paris ?

— Oh si, certainement !

Nous sommes repartis ensemble, dans un silence morbide : les chiffres nous avaient tués, Frantz surtout. Il semblait perdu dans un abîme de désolation.

Sur la route du retour, en direction de la capitale, la nuit a changé de forme. Au début, je ne comprenais pas d'où venait cette modification. Un moment j'en rendis responsables deux mornes, de chaque côté de la route. Comme si une épaisseur moite se détachait de ces collines, pour nous envelopper. Une vapeur grise flottait dans l'air et scintillait dans les lumières de ma voiture. J'avais beau écarquiller les yeux, je ne discernais rien de précis.

Et puis cette sorte de ouate suspendue dans l'air s'est rapprochée au fur et à mesure que je m'avançais. Cela prenait l'apparence d'un mur mouvant, ou d'un rideau qui ondule devant soi. Le gris tournait au blanc étincelant, et la luminosité ne cessait de croître, au centre de la route, dans la ligne de fuite de mes phares. Sur les côtés, c'était toujours ce mur gris et inquiétant. Le son s'était ajouté à la couleur et couvrait maintenant le bruit du moteur. Je rentrai dans le mur.

C'était une grosse averse de pluie qui fracassait la nuit. La seconde en deux jours. De grosses gouttes d'eau s'aplatissaient bruyamment sur le pare-brise. Par les côtés, la pluie passait facilement à l'intérieur du 4x4, heureusement la capote nous protégeait un peu. J'étais plus énervé que surpris.

— Encore !

— C'est de saison, dit simplement Frantz.

Nous n'avons rien dit d'autre, nous sommes restés concentrés autant sur la route que sur le ciel. J'ai ralenti et nous sommes arrivés bien tard à The Plain.

La ville déserte n'était plus qu'un alignement de rues détrempées, où la pluie rebondissait sur les toits, les trottoirs et les capots des voitures en stationnement. L'éclairage public jaunissait l'ensemble, dans un halo humide et éblouissant. Je roulais presque au pas, au cas où un véhicule aveugle aurait débouché à un croisement. Frantz, aussi concentré que le bourbon et le rhum le lui permettaient, me donnait la direction à suivre. Je devais trouver la marina, que rien n'indiquait : chacun ici est censé la connaître. Parvenus au pied d'un édifice assez haut, nous nous sommes arrêtés. Frantz m'a serré la main et puis il est sorti précipitamment. Sa course sous la pluie n'était pas vraiment rectiligne. Il zigzaguait comme pour tromper l'ennemi, peut-être pour éviter les plus grosses flaques d'eau. Cela me sembla dérisoire et amusant, tant l'eau était partout. Enfin, il s'est engouffré dans son immeuble et je suis reparti, au ralenti, jusqu'au Roselia.

TROISIÈME JOUR

Le lendemain matin, je me lève assez tard. J'ai mal dormi à cause du bruit de la pluie, incessant sur le toit de mon bungalow. Je passe à la réception pour voir Jerry. Il est là, collé à un petit poste de télévision. L'écran est tout bleu, hormis quelques petites taches brunes et un long serpentin rouge qui avance. Je dois avoir l'air étonné, puisque Jerry m'explique aussitôt :

— Tu vois ça, François ?

Jerry met le doigt sur le serpentin et avance avec lui, jusqu'à une forme dans laquelle je reconnais l'île de Saint-Peter.

— On croyait que c'était un cyclone qui allait venir, *may be.* Mais non, c'est seulement une dépression tropicale. Elle sera là dans deux jours.

— Ah oui ? Et qu'est-ce que ça fait une dépression tropicale ?

— Oh, beaucoup d'eau ! De la pluie, très forte.

— Ah, d'accord ! Comme la nuit dernière ?

Jerry ne peut s'empêcher d'éclater de rire. Puis, il me regarde en prenant un petit air contrit, mêlé d'ironie.

— Mais non, François ! Hier, c'était une pluie normale de la saison. Maintenant c'est l'hivernage :

d'août à décembre, il pleut. C'est la vie ! Mais parfois le ciel exagère un peu. Là, pendant la dépression, tu verras des changements, même des inondations. Alors, profite avant, va à la plage ou dans la forêt, mais vas-y vite !

Je n'ai pas attendu qu'il me le répète. Aussitôt je suis parti. J'ai quitté The Plain pour le nord. D'après ce que j'ai lu, il y a des points de départ pour de jolies randonnées dans la montagne et aussi, vers le nord-est, une plage réputée pour son spot de plongée : Guavabay. Je roule vite.

Pour le moment, le soleil est avec moi. Je dois traverser le village de Yellow Field. Les gosses me regardent passer. La rue principale, pleine de restaurants, est encore endormie. Curieusement, des traînées de cailloux et de sable sont dispersées un peu partout sur la chaussée. Des filets d'eau courent encore sur les côtés. Ce sont les vestiges de la pluie de la nuit dernière.

Une fois passé le village, j'oblique sur la droite, en empruntant une des rares routes qui pénètrent vers l'intérieur des terres. À Saint-Peter, la majorité des lieux habités sont situés parallèlement à la côte. Dès qu'on s'écarte un peu, c'est le *bush*, la savane, sur quelques kilomètres d'épaisseur. Puis, c'est la montagne et la forêt. C'est là que je veux aller, mais le chemin de randonnée débute en plein *bush*.

Malgré la chaleur, j'ai pris la précaution de ne pas rester trop court vêtu pour ma promenade : les épineux sont réputés farouches et laissent des souvenirs désagréables à qui s'y aventure en short. Dans les premiers temps, j'attaque la cordillère centrale par la côte dite « sous le vent ». La végétation y est plutôt rase et ne reçoit que rarement les foudres du ciel. Les nuages, retenus dès les premiers sommets, se déversent en trombes sur la côte au vent. Ici, je ne croise que ces curieux cactus *tête-à-l'anglais* : de petites boules vertes hérissées de piquants, qui me saluent avec un chapeau bigouden rouge. Ce paysage desséché devient assez vite monotone. Rien ne semble vivre ici, hormis les lézards et quelques oiseaux bruyants qui volettent d'un cactus à l'autre.

Heureusement, cinq ou six cents mètres plus loin, j'aperçois déjà la forêt. Mon guide me la signalait comme la forêt humide des régions tropicales. J'ai hâte d'y être, je veux voir ces plantes merveilleuses que je ne connais que par les livres. Enfin, sortir des bouquins pour toucher et sentir la vérité végétale. Je veux collectionner ça aussi. La vie, dans sa diversité de formes, doit faire irruption dans la mienne, la gonfler d'un vent nouveau de connaissances, de parfums et de couleurs. J'ai soif de ce monde, je veux m'en remplir.

Le maquis devient plus épais devant moi. Souvent je dois me baisser un peu pour avancer, éviter des branches devenues envahissantes, les écarter. Il faut dire que le chemin de randonnée, ici, n'a rien à voir avec les ballades aseptisées de France : peu de signalétique et peu de marcheurs. Aussi le sentier mérite-t-il bien son nom, la trace, et il n'est pas évident de la suivre. Tiens, une jolie plante, un peu différente : comme un artichaut jaune, à grandes dents qui tombent vers le bas, s'ouvrant sur un cœur vide, sans fruit. C'est beau, solide au toucher, c'est un ananas-bois.

En montant, les troncs s'élargissent et les plantes deviennent des arbres. Je souris en pensant au mien, un petit arbre d'appartement, un *benjamina* frêle que j'ai recueilli tout jeune. Je l'ai baptisé Ben, forcément. À présent il mesure deux mètres de haut, mais il a gardé sa taille de guêpe. Je me demande : transporté ici, profiterait-il au point de doubler ou tripler sa circonférence ? Le climat de France apparaît bien *light* à côté de celui-ci, partagé toujours entre le trop-plein d'eau et la sécheresse.

En approchant de la ligne de crête, les arbres rugueux se sont espacés pour mieux s'étaler et il est plus aisé de marcher au-dessous. Pour rester bien accrochés à la pente, certains de ces géants divisent leur pied en multiples contreforts. Il en résulte que l'arbre commence parfois un mètre cinquante avant le tronc, par d'énormes doigts crochus qui enserrent la terre. Je me baisse pour marcher à quatre pattes sur un de ces tentacules de bois, jusqu'à arriver à l'arbre proprement dit. Là, je lui donne un baiser, je me retourne et je m'assois.

Une heure de montée, c'est peu. Il faut dire que tout est proportionnel à la taille de l'île : c'est un caillou posé dans l'eau. Pour pouvoir marcher six heures durant, comme dans les Pyrénées par exemple, il faudrait faire tout le tour de l'île, ou bien la cordillère dans sa longueur, aller-retour. J'avais remarqué sur une carte que toutes les traces se croisent au même endroit, Skypoint, le point culminant. Les itinéraires ont forcément tous une partie commune.

Sous les arbres, je suis à l'abri du soleil, mais aussi du paysage. La couverture végétale est si absolue que peu de lumière pénètre jusqu'ici, et le lointain a disparu dans le vert. Je ne vois plus The Plain, ni la côte, ni la mer. L'horizon s'est rapproché à quatre ou cinq mètres, pas plus. Cela contribue à renforcer l'impression d'isolement, comme une île sur une île. En marchant dans cette montagne, au lieu d'élargir mon espace, je l'enferme. Je promène l'insularité avec moi.

Devant moi, j'aperçois un petit écriteau en bois, le premier depuis le début de ma marche :« Skypoint, 40 minutes ». De là-haut j'espère que j'aurai un point de vue intéressant sur l'île. Je reprends la trace.

Après un petit moment, j'entends un vrombissement qui n'a rien de naturel. On dirait une machine, je ne comprends pas. Qu'est-ce que cela vient faire ici ? La forêt s'entrouvre et je débouche sur un curieux endroit. Une clairière, qui tient à la fois du carrefour et du champ de bataille. Deux routes en terre croisent ici mon petit chemin, ou plutôt une qui le traverse et une autre qui le continue plus haut dans la forêt.

Dans un vacarme de fin du monde, un énorme camion jaune passe devant moi à toute vitesse, en faisant trembler le sol, sculptant des ornières gigantesques. La végétation terrorisée frémit et bruisse de toutes ses branches. Les roues de l'engin sont plus grandes que moi, le chauffeur, perché à hauteur d'arbre, ne m'a même pas vu. Le camion traverse la forêt dans la tranchée qu'il s'est creusée, puissant et imperturbable. Cette vision brutale s'imprime dans ma mémoire comme une tache sur cette île. J'ai l'impression d'avoir changé de monde ou d'époque. Je tourne la tête pour vérifier que Terminator ne surgisse pas de derrière un arbre. Non, c'est plutôt tranquille à présent.

Je saute par-dessus les ornières encore fraîches ; la pluie nocturne avait certainement tout bouleversé, et le passage des camions doit remodeler la route après chaque averse. Parvenu de l'autre côté, je reste fidèle à mon chemin. Maintenant élargi à la taille d'une petite route, il est plus facilement praticable, moins envahi par les branches. Heureusement, nulle empreinte suspecte : les camions ne passent pas par ici.

Encore quelques centaines de mètres assez faciles à parcourir, et j'entends un autre bruit. Celui-ci me semble plus agréable, plus naturel surtout : il cadre mieux avec l'image que je me fais d'une forêt en montagne. De l'eau. Une petite rivière que j'aperçois en contrebas. La route de terre doit la traverser, mais il n'y a qu'un petit pont de bois. Non, à mieux y regarder, en approchant, je vois que ce n'est qu'un arbre couché. Mais le plus insolite, c'est que l'endroit est habité.

Un peu avant le pont, sur le côté gauche, j'avais déjà dépassé un petit camion entièrement carbonisé. Sa carcasse mange un peu le chemin mais n'empêche pas de passer. Et là, ce que je découvre est autrement plus amusant. En équilibre précaire, sur l'arbre et au-dessus des eaux, un homme est accroupi. Il est blanc, torse nu, sec comme une brindille, et animé de mouvements brusques. Il ponctue chaque geste d'une onomatopée, parfois seulement un cri :

— Oh ! Eh !

Parfois un mot un peu plus coloré :

— Foutre ! Palsambleu !

et le voilà qui se redresse, en secouant sa main douloureuse dans l'air, pendant qu'avec le pied il maintient un objet sur son arbre. Comme il n'a pas encore remarqué ma présence, je me signale :

— Voulez-vous de l'aide ?

L'homme s'immobilise, attend un peu, puis se retourne. Sa barbe hirsute lui donne un visage de Robinson des bois, son air farouche me fait penser à Lancelot redevenu sauvage. Enfin, il se relève et me parle dans un français impeccable :

— Bien volontiers, monsieur, j'accepte votre secours. Je me suis aventuré trop avant sur le pont, sans assurer ma prise. À chaque instant, je suis au bord de perdre mon chargement. Si vous voulez bien approcher pour le tenir un moment, je serai vite de l'autre côté pour attraper le nécessaire.

J'avoue que je n'ai pas bien compris l'ensemble, mais enfin je me suis avancé. L'homme a reculé vers le milieu du pont, m'a laissé m'asseoir à sa place, et je retiens maintenant une étrange caisse, pleine de petits compartiments. Lui s'est envolé en deux ou trois enjambées, a disparu derrière un arbre de l'autre côté de la rivière, et tout à coup réapparaît les bras chargés de matériel.

Avec l'agilité d'un chat, il monte sur l'arbre, utilise une installation déjà existante pour y fixer des mousquetons, s'attache à un câble qui passe au-dessus de la rivière et que je n'avais pas remarqué. Il revient sur le pont, aussi rapide qu'à l'aller, en portant un second câble qu'il jette par-dessus le premier. Arrivé à la caisse, il me la prend, la fixe par un mousqueton au câble libre, et repart de l'autre côté de la rivière. Là, il enfile des gants, et actionne une poulie qui fait tendre le câble. La caisse se soulève légèrement, et la voilà qui, lentement, traverse le pont.

L'ingénieux système m'a proprement ébahi et cet homme, tout crasseux et miséreux qu'il paraît me semble bien plus malin que moi. Il m'apostrophe dans un geste généreux, en me lançant le câble libéré :

— Si vous voulez passer sans risque, attrapez donc le mousqueton et fixez-le à votre ceinture : je vous fais traverser.

Un instant après, je vole au-dessus du tronc d'arbre, en y posant à peine la pointe des pieds pour me diriger, et me voici de l'autre côté. L'homme me détache, installe sa caisse sur un petit chariot à roulettes, enfile un harnais à la manière d'un chien de traîneau, et reprend sa route en tirant son chargement. Toutefois, il prend le temps de me saluer et me convie à le suivre :

— Jack, enchanté. Et merci bien. Si vous voulez vous désaltérer ou vous reposer, ma maison vous est grande ouverte. Ce n'est plus loin, un quart d'heure de marche.

Je le suis aussitôt : cette rencontre inattendue au beau milieu de la forêt m'intrigue. J'ai envie d'en savoir plus :

— Vous habitez ici, dans les bois ? Ce ne doit pas être très commode.

— Vous l'avez dit ! Mais c'est une forme de résistance. Ça n'a pas toujours été aussi dur. Avant, il y avait un vrai pont et je pouvais aller en camion jusqu'à chez moi. Mais tout a disparu, détruits, le camion comme le pont.

Je pense à l'histoire de Frantz, à son cyclone assassin.

— C'est encore un coup de Gilbert, le cyclone ?

— Oh ! non, le cyclone n'y est pour rien ! Tout ça, c'est pour l'argent. Vous n'avez pas vu passer ces énormes camions jaunes, affreux à faire peur ?

— Si, justement, j'en ai croisé un. Qu'est-ce que c'est ?

— Ils vont à la carrière un peu plus haut, au-dessus de mes terres. Si j'avais bien voulu vendre mon habitation, cela leur aurait fait un raccourci de huit kilomètres environ, avec seulement un pont à fortifier. Ils étaient prêts à le faire. Mais j'aurais dû déguerpir.

— Et vous n'avez pas voulu ?

— Certainement ! Les riches se croient tout permis, mais non, ça ne marche pas forcément. Il y a des choses qui ne se monnaient pas. Vivre ici en fait partie.

Je cherche du regard. Arbre après arbre, je ne vois toujours que de la végétation. Et puis si, finalement, j'aperçois une case, bien cachée, petite, discrète, toute simple :

— Ah oui, là, je vois votre maison !

— Alors, vous comprenez ? C'est ça qu'ils voulaient me prendre. Ma maison dans la forêt. Autant me tuer. J'ai dit non. Ils ont essayé de m'intimider. D'abord, ils ont mis le feu à mon petit camion. Je dois aller à pied maintenant. Et puis, une nuit, le pont a sauté. Isolé, je le suis complètement. Mais la forêt est venue à mon aide. Elle m'a donné un bel arbre et de nouveau je passe la rivière. Non, je ne partirai pas, je suis bien ici. Je ne peux pas aller vivre ailleurs.

— Oui, je vous comprends. Mais qui vous a fait ça, le pont, les camions, la carrière ?

— Vous ne connaissez pas ces camions jaunes ? Souvent, sur la route, on peut voir ces mastodontes, ou d'autres, plus petits, chargés de travailleurs ou de matériaux de construction. Tous appartiennent à *Mister* Robertson, le *big boss* de l'île. De l'île peut-être, mais pas chez moi.

— Robertson, oui, je commence à le connaître.

— Vous ne savez pas tout, pas jusqu'où il peut aller. Un matin, j'ai trouvé devant chez moi une petite poupée en forme de chien, avec des aiguilles plantées partout. Il a plein d'ouvriers, et même un contremaître, tous haïtiens, vous savez, le vaudou. Je n'y crois pas bien sûr, mais mon chien… je ne lui avais jamais posé la question ! Trois jours plus tard, je l'ai découvert mort, avec la langue et les yeux tout jaunes. Ils l'avaient empoisonné.

— C'est horrible ! Et qu'avez-vous fait, alors ?

— J'ai acheté un fusil.

Il a recommencé à marcher et je l'ai suivi vers sa petite maison, une jolie case parée d'un balcon à balustrade. Des frises en bois dansent autour de la maison, et le vent entre de tous côtés par les fenêtres. Jack pousse la porte qui n'était pas fermée, et me fait entrer :

— Vous savez, ici, l'indispensable c'est le toit. Il protège, il abrite. C'est tout ce qu'il faut. Le reste, porte et fenêtres, ne sont que des ouvertures sur le monde. Oui, car le principal est ailleurs : la forêt, le jardin.

Il me fait signe de le suivre encore et nous traversons la plus grande salle pour ressortir de l'autre côté de la maison. Aussitôt, nous sommes en pleine nature.

Jack m'a fait tourner longtemps dans son jardin. Parfois, depuis un endroit surélevé, j'essayais de mettre un peu d'ordre dans ce que je voyais. Oh ! certes le rouge du flamboyant tranchait superbement sur le reste, mais là, justement, quel fouillis ! Comme si la nature avait institué le désordre en art de vivre. Le chaos des branchages et des couleurs défiait l'esprit humain. Logique, harmonie, construction, tout ce qui fait l'ordonnancement des jardins était réduit à néant par l'imagination de cette végétation, éprise de liberté. Je crois que c'est ici, dans cette forêt des tropiques, que j'ai le mieux saisi le sens de l'expression antique, Gaule chevelue : un pays couvert de bois, sur lequel l'homme n'a pas prise.

Mon hôte m'a fait asseoir sur sa terrasse. Là, une rangée de bocaux alignés à même le sol attire mon regard. Je distingue avec peine, dans un liquide brunâtre, des organismes pouvant être des bananes ou je ne sais quelles tiges de plantes :

— Je fais du rhum arrangé, me dit Jack. Je fais macérer des fruits, des baies, tout ce que je trouve. Et puis je goûte. Le plus souvent, c'est bon. Au fait, voulez-vous un *ti punch* ?

Je ne savais plus vraiment comment faire pour quitter Jack. Trois verres plus tard, j'étais scotché sur mon siège, le regard moins précis, les idées tremblantes. J'avais le sentiment de devoir me lever, saluer Jack et continuer mon chemin vers Skypoint. Mais non, rien ne se passait. J'étais engourdi, mon esprit tanguait sans pouvoir prendre une décision. Et le pire, c'est que je me sentais bien ! Je suppose qu'un sourire devait s'être accroché à mon visage, complètement involontaire, béat. C'est Jack qui m'a sorti de ma torpeur :

— Venez, cher ami, j'ai quelque chose à vous montrer. Ne vous inquiétez pas, de là il vous sera aisé de reprendre la trace vers Skypoint.

C'est étrange, je n'ai rien pu faire d'autre que le suivre : il me fallait donc son signal pour parvenir à me lever. J'ai quitté mon fauteuil, je me suis transporté avec l'élasticité d'un chewing-gum vers le jardin et je l'ai traversé, tout mou mais probablement souriant.

Derrière Jack, je marche plusieurs centaines de mètres. L'exubérance végétale et le *ti punch* conspirent pour me ravir. J'ai l'impression d'être un nénuphar migrateur : je flotte plus que je n'avance.

Un bruit nouveau petit à petit s'installe dans l'air. Ce n'est plus le chant des oiseaux, ce n'est plus le zinzin des moustiques, non, c'est plus sourd, plus grave, et cela ne s'arrête pas. Au contraire le bruit s'amplifie, cela devient un vrombissement, une sorte de grognement mécanique, pas du tout naturel. Jack se retourne vers moi :

— Nous arrivons à la limite de mon domaine : voyez la frontière, la haie vive. Ce sont mes fleurs de la passion. De derrière vient le bruit que vous entendez. Venez par ici, de cet endroit on voit tout.

Jack me fait monter sur un petit belvédère qu'il s'est construit, tout en bois. À trois mètres de haut, c'est assez pour que notre vision passe au-dessus de la cime des arbres. Nous sommes aidés par une soudaine pente qui fait plonger la forêt dans un ravin, puis la fait réapparaître face à nous, à deux cents mètres, sur un autre versant. Et là le bruit se confond avec une vision d'horreur. Je reste abasourdi : les camions jaunes sont à l'œuvre. Comme des fourmis géantes, ils attaquent et mangent ce qui devrait être la forêt. Après un petit moment, Jack rompt le silence :

— Voyez, cher ami, ce qu'ils ont fait de la montagne. D'abord, ils ont exterminé les arbres, anéanti la vie. Puis, ils ont attaqué la roche à coups de pelleteuses. Voyez ce ballet infernal d'engins et ces machines énormes qui n'ont rien à faire dans la forêt. Les tapis roulants gigantesques tissent cette toile d'araignée mécanique, qui amène les pierres aux trémies qui les concassent, et enfin les camions redescendent dans la plaine chargés de gravier. Tout ça pour que *Mister* Robertson bétonne tous les jours un peu plus son île.

Le site n'est pas que bruit et fureur, il s'en dégage aussi un air particulier, un halo mêlé de poussière et de chaleur. Parfois un coup de vent un peu plus fort soulève ce film de saleté et le disperse sur les arbres du voisinage, curieusement colorés, à mi-chemin entre le jaune et le grisâtre. Jack poursuit, d'un ton désabusé :

— En plus de tout ça, ils ont détourné un cours d'eau : à coups de dynamite ils ont fait sauter des rochers pour changer le sens de la pente et la rivière qui coulait vers l'est est maintenant déviée vers l'ouest. Autrefois, elle faisait vivre tout un village agricole sur la côte au vent, Ramier. Désormais, cette eau sert aux rampes d'arrosage de la carrière, et puis le reste se perd dans la forêt, qui n'en avait pas spécialement besoin.

— Ah oui, et le village alors, que fait-il ?

— Ses habitants sont en procès contre Robertson. Cela dure depuis sept ans. L'instruction n'est jamais terminée.

Un crachin de poussière passe en ondulant devant notre observatoire, et une rafale le rabat soudain vers nous. Instinctivement nous détournons la tête et nous nous frottons les yeux.

— La forêt souffre et les hommes souffrent avec elle. Mais quand donc cela s'arrêtera-t-il ?

Jack et moi redescendons en silence. Il me mène dans une autre direction, toujours au milieu de ses terres. De ce côté-ci, il n'a pas cru nécessaire de grillager pour limiter sa propriété : elle est un prélude à la forêt.

— Voici le chemin qu'il vous faut suivre. D'ici une quinzaine de minutes vous parviendrez à ce petit éperon rocheux qu'on aperçoit : c'est Skypoint, le point le plus près du ciel, sur cette île. Je vous souhaite une bonne fin de promenade, et si le cœur vous en dit, revenez me voir : ma maison vous est grande ouverte.

Nous nous sommes serré la main et j'ai quitté Jack. Le curieux homme, courageux ermite, a une allure de maquisard, même si ses ennemis ne sont pas tout à fait des fascistes. Ce combat, ici, au milieu des Antilles, a quelque chose de déplacé. Mais je suppose que ce doit être ainsi partout dans le monde.

Les derniers mètres vers le sommet sont rapidement passés, comme dans une aspiration. Enfin, j'y suis, je termine presque en courant. Au sortir du bois, mon chemin débouche sur un espace battu par les vents. Plus d'abri possible, même les rochers sont pointus, mais petits, tout juste des chicots. Étrange endroit, aussi chaud que partout ailleurs, mais décapé par un air spécial. Les oiseaux qui donnaient vie à la forêt se sont tus : ici leur petite gorge ne pourrait pas respirer ce vent brûlant. Les seuls êtres vivants doivent être les marcheurs. Deux autres traces rejoignent la mienne, mais en cet instant je suis seul. Dans un geste automatique, pour me raccrocher à quelque chose, je m'approche du bord. Nul précipice abrupt, juste une pente qui s'engouffre sous les arbres, tout en douceur. La vraie frontière est ailleurs, beaucoup plus loin, plus imposante aussi : la côte. Son liseré vert arrête la mer et c'est là que mon regard se fixe.

Sur ma gauche, en direction du nord, une étendue d'eau, irrégulière, est enfermée par un cordon de terre. À droite, des dizaines de carrés blancs dessinent les maisons d'un village, puis vient une alternance de petites plaines, parfois cultivées, et de collines encore boisées. Bleu, blanc, vert, les couleurs tissent un drapeau doucereux, ancien et paisible, allant de soi. Je ne sais pas où je pose les yeux, je sors ma carte.

Le village porte le nom de Maho. Je me souviens, c'est là qu'habite Élie, le peintre. Je l'imagine, en train de caresser ses *locks* devant une toile. J'irai le voir, c'est promis. La lagune est appelée ici Salt Pond, l'Étang salé. Plus à droite, vers le sud, la carte m'indique Green Harbour. Je cherche du regard et je l'aperçois. Encore cette apparence de multitude, cette mosaïque de petits carrés blancs et après la ville, l'eau. La mer, effectivement semble verte. Au loin, de grands navires sont à quai : c'est là qu'arrivent les milliers de croisiéristes déversés sur Saint-Peter. Ils ne peuvent pas débarquer à The Plain, où il n'y a pas assez de tirant d'eau pour ces bateaux énormes. C'est donc ici que tout a commencé : les grands voiliers chargés de colons ou d'esclaves, maintenant les touristes. Toute une histoire, toute une île, l'argent qui déborde des navires, inonde ce caillou, irrigue les casinos et les hôtels de dix étages.

Je me retourne face à la forêt, je scrute les arbres à la recherche des colibris. Je mange un peu et je redescends vers la plaine. Sans m'en rendre compte, j'avais dû trop traîner dans la montagne. J'arrive en bas, à ma voiture, alors que les nuages noirs font leur apparition. Ou alors c'est eux qui sont en avance sur les jours précédents. Peu importe, je suis décidé à ne pas perdre de temps, à ne pas passer à côté d'une baignade annoncée.

Guavabay est sans doute un peu loin maintenant, mais je trouverai bien une autre plage. Je roule, un peu tendu. Si je vais trop lentement, je serai rattrapé par la pluie. Si je vais trop vite, je risque de rater la première plage possible. Je guette plus le paysage que la route. Heureusement qu'il y a peu de circulation. Au hasard d'un virage, j'aperçois une petite anse et la mer. Je veux y aller. Un peu plus loin, je trouve le chemin. Je fonce.

Trois cents mètres et je m'arrête devant une ligne de cocotiers. C'est beau, mais différent de tout ce que j'ai vu. La mer est grise, ce n'est plus la même. Le ciel d'orage est au bord de l'implosion : d'un instant à l'autre il va craquer. Des enfants se sont regroupés sur la plage. On dirait qu'ils attendent quelque chose. Ils piaffent d'impatience, se serrent les uns contre les autres, poussent des petits cris. Ils croisent leurs bras et leurs poings sur leur poitrine nue.

La pluie s'abat d'un coup sur la plage, la mer et les enfants. Dans un cri d'allégresse partagée, ils se mettent à courir et se précipitent à la mer. Ils sont déjà trempés quand ils entrent dans les vagues et crient toujours. Ils jouent avec l'eau venue du ciel, dans l'océan et le bonheur.

Caché derrière mes essuie-glaces, j'ai du mal à comprendre. Depuis tout petit, on m'a dit, et j'ai senti par moi-même, que pluie égale froid égale « rentre à la maison ». Et là, c'est autre chose. Il pleut, donc les enfants jouent dehors. Il tombe des cordes, donc on va à la plage. Ça va contre des années d'éducation et de vacances au soleil.

C'est bon, je ne vais pas rester idiot. Je sors, je me déshabille sur place, et c'est parti ! Je cours comme les enfants. Le sable est doux et ramolli par la pluie. Je vais manger la mer. J'en ris d'avance. Quand j'entre dans l'eau, je la goûte. Ce n'est ni chaud ni froid, c'est bon. Un délice. La pluie sur ma peau explose en mille douceurs. Ce ne sont plus des petites perles qui tombent, ce sont des verres à whisky. Je plonge et je me redresse aussitôt pour vérifier que la pluie est bien toujours là, et je recommence. Je nage un peu, je ris beaucoup. L'eau du ciel et de la mer ne font qu'une, se conjuguent pour devenir un même lit de plaisir. C'est tout à fait nouveau, révolutionnaire ; physique sans être sportif, hilarant sans être comique. Quelque chose comme du bonheur à l'état liquide, dans lequel il suffit d'entrer.

C'est si simple, à condition de faire le voyage.

QUATRIÈME JOUR

Je veux absolument m'offrir une nouvelle partie de mer. Depuis que je suis sur cette île, c'est ma plus forte expérience de plaisir. Les casinos ou les boîtes de nuit sont trop électriques et trop artificiels à mon goût. La présence de l'argent y est écrasante, cela me gêne. Finalement, il ne reste que la montagne et la mer pour m'apporter la dimension primaire d'un plaisir simple. Avec si peu de choses, d'une caresse ou d'un effort, je peux fabriquer un contentement si énorme qu'il me remplit. Cette eau, ce spectacle vivant, ce contact partout sur mon corps, tout cela me recrache sur la plage proprement en état de rire. Pourtant, je ne suis plus un enfant, je ne crois pas être fou, mais Dieu que c'est bon ! Et cela me suffit comme justification : c'est bon, donc c'est bien, et j'y retourne, encore et encore, j'en ai le droit. Il faut se faire plaisir.

La route, les virages, les collines, quelques villages, tout est passé sans que je n'y prête la moindre attention. J'ai roulé en douceur, les yeux dans l'horizon, guettant les courbes où apparaissait la mer, en me disant à chaque fois que ce serait la bonne, l'anse que je veux : Guavabay. Jerry me l'a décrite. C'est à l'extrémité nord de Saint-Peter, une petite presqu'île, juste une pointe rocheuse. Mais là, l'architecte des lieux a construit une barrière de corail, encore intacte. Entre elle et la côte, un lagon s'est trouvé capturé. Alors la magie est née : cet endroit, à l'abri des rouleaux et des requins, est devenu un sanctuaire pour des centaines d'espèces de poissons. C'est le rendez-vous des plongeurs en apnée, avec interdiction tacite de chasser : c'est un conservatoire spontané, ou nul règlement n'est nécessaire. La splendeur se protège elle-même, comme un miracle qui fait écran entre les hommes et les bêtes : ils se voient, c'est tout.

La route se termine par un étonnant rond-point, dans un lieu désertique où les vagues se brisent sur des rochers. Cela me semble bien accidenté pour un lieu de baignade paradisiaque. Jerry m'a indiqué la gauche, j'y porte mes pas : je trouve un étroit sentier entre deux grosses pierres.

La vue s'élargit, c'est un autre monde. Une plage à perte de vue court sur un côté, encerclant une baie immense et calme, sans vagues. Je marche vers ce cordon de sable blanc. La chaleur, les dimensions, l'isolement, tout concourt à donner une impression d'ailleurs. N'était l'eau, le paysage passerait pour lunaire tant il est étrangement vide. Ou alors je viens de débarquer sans le savoir sur une autre île, déserte… mais où sont passés les cocotiers ? Rien, il n'y a rien que du sable. Personne ce matin n'est venu là. J'ai une plage grandiose pour moi seul, et elle ne m'intéresse même pas. Le trésor est là, dans l'eau. Je souffle un peu à marcher quatre ou cinq cents mètres dans le sable.

Enfin, ça me semble suffisant, je m'arrête et me déshabille.

Je suis prêt maintenant. Avant de mettre mon masque, je regarde au loin. Une ligne d'écume marque les remparts de corail. Les vagues se brisent là, et laissent à ma disposition un espace plus grand que toutes les cours de récréation du monde. Décidé, et déjà le sourire aux lèvres, j'entre dans l'eau. Quand elle atteint ma poitrine, je prends ma respiration et je plonge.

Plus aucun bruit, rien que des images. J'en prends plein les yeux. Ce ne sont plus trois ou quatre malheureux poissons qui s'enfuient devant moi, non. C'est moi qui me fraie un chemin parmi eux. Leur densité a quelque chose d'épais, mais elle est aussi fluide, mouvante, insaisissable. C'est une transhumance généralisée, une succession de troupeaux. C'est le cortège même de la vie, qui ne fait que passer, se désagrège, et se reconstitue avec de nouveaux figurants. C'est somptueux. Oh ! Que se passe-t-il ? Ah, oui, je dois respirer, j'avais oublié un instant. Je lève la tête hors de l'eau, j'avale une bouffée d'air, mais ce ne sera pas suffisant pour tenir longtemps. J'incline ma tête à fleur d'eau et je regarde à nouveau vers le fond. Là, je vois une forme ronde, de couleur beige, comme une grosse patate, ce doit être dur. J'y vais en une plongée de quelques mètres. Oui, c'est du corail. Je pose les pieds dessus et je me redresse. Je suis debout, les épaules hors de l'eau. Je respire. Je retire mon masque et je crie. Comme un gamin, comme un Indien de western, comme le buteur de la finale, je crie mon bonheur d'être là. Je ris un peu et je remets la tête sous l'eau.

J'ai compris : je choisis une autre patate de corail comme cible, à une dizaine de mètres environ, et je plonge. Mes bras écartent deux poissons jaunes assez fins et c'est un banc de gros poissons violets qui croise juste sous mon masque. Je crois les toucher, mais déjà ils se sont éloignés. Je continue. Sur le sol, à deux ou trois mètres sous moi, je vois des oursins gigantesques, avec des pointes de soixante centimètres. Je n'en avais jamais vu de tels. J'ai l'impression de visiter un aquarium, mais de l'intérieur. Comme je suis incapable de poser un nom sur ce que je vois, je me laisse aller aux impressions. Ce monde n'offre aucune prise à la connaissance, au savoir : c'est beau, c'est doux, c'est simple et si bon ! Ouf, je me pose sur mon nouveau piédestal, je respire.

Je joue à présent, à nager, à admirer, à poursuivre un poisson dont la robe m'attire. Je ne savais pas que la nature contenait autant de combinaisons de couleurs, c'est une surprise véritablement. C'est un monde où je vivrais bien, si seulement j'étais poisson. Heureusement, la réalité me rappelle à l'ordre. Je vais toujours plus loin vers la barrière de corail. La profondeur augmente. Mes étapes respiratoires se font plus difficiles. Les jolies boules beiges qui m'accueillent – c'est curieux, certaines me font penser à des fesses, mais jamais par deux – sont posées sur le fond. Bientôt, elles seront trop basses pour que je puisse m'y jucher et reprendre mon souffle. Et puis, à force de me rapprocher de la barrière, le roulis se fait maintenant sentir, comme une onde qui me déstabilise en plongée. Je n'arrive plus à me diriger comme je veux. Je dois me retourner et rester en apnée plus longtemps pour trouver un site respirable.

Mes oreilles commencent à bourdonner désagréablement, j'entends des craquements qui ne me plaisent guère. J'essaie d'accélérer, encore quelques brasses, mes poumons brûlent. Enfin, j'atteins la hauteur voulue : je pose les pieds et ma tête pointe hors de l'eau. J'ai réussi à me faire peur tout seul, c'est bête. Je reste une ou deux minutes à reprendre mon souffle et à me reposer. Je plonge à nouveau, mais moins loin, en restant parallèle à la plage. Je fais durer le plaisir. Je multiplie les rencontres avec des poissons dissimulés ou des crustacés inconnus. Je ris en moi, je respire, je ris pour de vrai. Cela me fait du bien, et ça me fatigue aussi. Je sors de l'eau et je m'allonge sur la plage. Je suis épuisé et heureux : je sais pourquoi je suis venu à Saint-Peter.

Sur le chemin du retour, je me suis arrêté dans un village presque désert, écrasé par la chaleur de midi. Peu de mouvements, peu de voitures, comme si les habitants vivaient à l'économie. Je les imagine dans une autre vie, plus bruyante, plus animée et nocturne. Pour le moment, ils se cachent. Une seule fille, une adolescente, passe devant moi, plante son regard dans mes yeux, et m'offre le rituel :

— *Hi !*

Elle continue, seule dans la rue, à marcher en se déhanchant. Je ne sais si c'est naturel ou affecté, à la limite de la provocation. Elle me fait rire. J'avais remarqué qu'elle portait plusieurs boîtes en polystyrène, de celles où est servie la nourriture à emporter. Je gare ma voiture et je marche dans la direction opposée à la sienne. En deux minutes je parviens à un *lolo,* un de ces marchands de nourriture, aménagés dans un petit camion, et qui mettent à disposition quelques tables sous des parasols.

La cuisine est préparée par un Haïtien anglophone, mais il a eu la bonne idée de traduire sa carte en français, pour les touristes, en plus de l'anglais et du créole. Je commande du crabe, avec un accompagnement de riz et une sauce épicée… mais non, pas trop, ce n'est pas spécialement brûlant. C'est relevé, juste ce qu'il faut pour donner un peu de saveur à des mets bouillis, qui n'en auraient aucune, sans le piment doux du crabe et le curry. Le sorbet-coco termine en apothéose ce repas frugal et je m'en retourne à The Plain, rempli des délices de cette matinée. Tout de même, un petit regret commence à s'insinuer dans un coin de mon esprit, sous la forme de cette jeune fille aperçue tout à l'heure. Quatrième jour sur Saint-Peter : faut-il vraiment que je cherche de la compagnie ?

À l'hôtel, la douche m'a dessablé avec le plus grand bonheur, puis j'ai dormi un peu. Vers 16 heures, je suis ressorti. Jerry m'avait annoncé une fête, sur la grande place, non loin du port. Le temps, déjà, a changé : le ciel est couvert de nuages inquiétants. Je marche dans la rue et pour la première fois j'ai véritablement l'impression de ne plus être seul. Tout un peuple est là, qui surgit et fait vibrer la rue autour de moi. Ces hommes et ces femmes écoulent leur vie comme si je n'étais pas là, et en même temps ils semblent fiers et contents de me compter parmi eux. Je suis le visiteur, l'invité qui le temps d'une fête a le droit de partager leur joie. Dans un mouvement général quasi involontaire, je suis porté par un torrent de personnes, parlant haut, riant bien fort et parfois chantant. La bonne humeur se communique, les drapeaux fleurissent, noir-vert-rouge de l'île, les grappes humaines jaillissent des maisons ou des rues adjacentes pour se joindre à nous, et toujours plus nombreux nous allons vers le centre-ville.

Plus nous approchons, plus le tumulte enfle. C'est un bruit né deux pâtés de maisons plus avant qui emplit bientôt tout l'air. Au début, ce vacarme est assez prometteur, il laisse présager une certaine ambiance festive.

— Tiens, il y a de la musique.

Mais cela devient vite intolérable tant c'est fort, et avant même de voir d'où cela provient, je le ressens avec le cœur, au sens propre. Le bruit résonne dans la cage thoracique, accélère le battement, et mes jambes se mettent à trembler, comme d'ailleurs les maisons. Enfin, j'en découvre l'origine : un tracteur qui tire une longue remorque entièrement couverte d'amplis, avec juste ce qu'il faut de place pour deux garçons qui braillent du rap dans leur micro. À cet endroit, un carrefour important, s'est amassée une foule compacte de jeunes gens et jeunes filles, qui dansent et sautillent sur place.

Curieusement, comme si je l'avais demandé, une partie du torrent qui m'emportait l'instant d'avant me rattrape, et ainsi pressé je traverse la multitude des danseurs, sans la moindre bousculade. Je m'efforce de suivre en gardant le sourire, mais en fait je suis assez satisfait de quitter un endroit si bruyant. Apparemment, l'allégresse est partagée par tous, mais se décline de différentes manières.

— *The real party is this way!*

Il y aurait donc une autre fête, la *vraie,* que l'on m'indique dans cette direction. J'acquiesce et je suis, plus porté que marchant, trop content d'avoir trouvé des guides aussi spontanés. Ailleurs, je suppose, la musique est plus douce, forcément. Deux rues plus loin, l'écran des maisons a fait disparaître le bruit, et arrivent à mes oreilles de nouvelles sonorités.

Tout de suite, c'est un autre plaisir. La mélodie est tendre et enjouée, presque enfantine. C'est l'art naïf de la musique. Un vieux maître et sa classe tapent sur des barils en acier : du *steel drum.* Je savoure cette forme de douceur inattendue, qui réussit à être à la fois métallique et légère, simple et raffinée tellement tout brille, débonnaire et séduisante. Ces enfants qui frappent sur des marmites astiquées, prennent des précautions d'horloger pour trouver l'aigu le plus grinçant, sans jamais heurter les oreilles. Je remarque l'un d'entre eux, qui vise alternativement le centre et les bords de son chaudron magique, en donnant d'énergiques petits coups, avec des baguettes dont les bouts sont recouverts de tissu. C'est précis, finement joué, et cela n'exclut jamais le sourire, chez le musicien comme chez l'auditeur. Non, ce n'est pas de l'art naïf, c'est de l'art. J'applaudis en regardant les visages du public : chacun est ravi.

À une centaine de mètres de là, sur le front de mer, une autre foule est rassemblée, tout aussi bigarrée et parlant fort, mais la moyenne d'âge s'est un peu élevée. Des messieurs en costume et des élégantes en robe de soirée m'ont tout l'air de former le carré des officiels. Même quelques uniformes apparaissent, des militaires à la barbe impeccable sont de sortie, arborant leurs rutilantes médailles. Je ne me souviens pas que Saint-Peter ait fait une guerre, mais ne doutons pas de ces soldats : ce sont assurément de grands serviteurs de l'État. Ceci dit, le sens de la manifestation m'échappe complètement. Je serpente discrètement entre les groupes, tout le monde peut me voir, mais je n'existe pour personne. Cela me convient puisque je serais incapable de tenir une discussion en anglais, d'autre part c'est assez inconfortable. Je ne me sens pas à ma place, comme inutile. Finalement, je commence à m'ennuyer.

Tout à coup, un homme se détache du cercle de ses amis, un peu agité, mais non, plutôt enthousiaste : il gravit quatre à quatre les marches de l'escalier qui mènent à une tribune, se colle derrière un micro et s'exclame en montrant du doigt :

— He is coming ! Ladies and gentlemen, Mr. Robertson has arrived !

Même moi, j'ai compris. Aussitôt, des centaines de têtes, dont la mienne, se tournent vers la rue, et apparaît une superbe Bentley noire, avec des petits drapeaux noir-vert-rouge plantés sur les ailes. Un des uniformes s'avance pour ouvrir la portière arrière, et le Grand Homme descend, au milieu des vivats. Lui aussi porte la barbe de tous les officiers, grisonnante, impeccablement taillée, et son costume bleu lance les mêmes reflets que ses lunettes de soleil. Pas de cravate, le col négligemment ouvert, il lève le bras pour saluer, et ce simple geste a le don de le démultiplier. Il semble gigantesque, juché sur des jambes comme des mats, et quand il traverse la foule, il la dépasse d'une envergure.

Le public est aux anges. Les yeux et les mains se tournent vers lui, qui ne les refuse pas. C'est une effusion collective tout au long des trente mètres qu'il lui faut parcourir. Sa grosse poigne se pose amicalement sur des têtes offertes, des bavards plus rapides que les autres lui débitent une petite phrase admirative, des femmes enamourées se positionnent avantageusement sur son chemin, chacun ici veut sa part de joie, l'immense joie de voir et frôler Mr. Robertson. Il monte à son tour à la tribune, serre la main de l'homme qui lui laisse le micro.

— *My friends !*

La foule, déjà sous le charme, se sent flattée dans le sens du cœur, et montre son bonheur dans un cri mêlé de rires et de sifflets. Je regarde ces gens, ils ont l'air sincèrement contents et émus. Je ne peux comprendre les raisons d'un tel attachement, mais au moins je ressens cette vague qui passe d'une poitrine à une autre. Robertson fait mine de rendre le micro à son complice, mais il ajoute une phrase avant d'aller s'asseoir :

— *It's a nice day…*

Il lève les bras dans un geste théâtral et désigne le ciel, de plus en plus menaçant.

... to see you again !

La foule explose, pousse des hurlements, des mains se dressent vers lui, des applaudissements fusent, un groupe de femmes entame une danse sans musique, et un court instant un vent de folie douce caresse des centaines de visages hilares.

Cependant, même aux Antilles, il est des orateurs qui ne savent pas parler, ou des chanteurs qui ne savent pas chanter. Alors, l'homme au micro a repris sa place, et commencé le discours le plus mortel qui soit.

Ennuyeux d'abord pour moi, qui n'attrapais que quelques mots épars :

— *History… Freedom… Steve Robertson… People…*

Mais ce n'était pas tout : je suppose que cela aurait pu être lyrique, dit par un autre. Au lieu de cela, notre public, pourtant bien chauffé par Robertson lui-même, a vite recommencé à parler, par petits groupes, entre amis. Le pauvre politicien de la nouvelle génération, plus jeune et moins doué que le leader historique, était tout simplement en train d'endormir son auditoire. J'ai même vu Robertson, un léger sourire au coin des lèvres, regarder sa montre, comme impatienté. Enfin, la délivrance est arrivée.

Bien que l'heure n'en fût pas encore venue, une soudaine obscurité a recouvert The Plain. Au même instant, les conversations se sont arrêtées, les têtes se sont levées. Le soleil avait fini de disparaître, prématurément caché par de terribles nuages noirs qui dessinaient un couvercle au-dessus de nous. Les premières gouttes de pluie sont tombées sur des épaules dénudées, quelques gentlemen les ont couvertes de leur veste, puis des groupes entiers se sont mis à courir vers des abris ou des voitures éloignées. Le vent s'était levé, au loin déjà le ciel craquait sous les éclairs, la foule se disloquait.

Le discoureur ennuyeux, qui tenait fermement son micro, reçut un coup de jus et recula aussi fermement, puis Robertson se leva d'un air dépité. Il s'est approché du bord de la tribune, a fait signe à quelques gars et leur a envoyé deux mots bien sentis :

— *My car !*

Je ne sais si la voiture avait compris d'elle-même, mais aussitôt la Bentley est montée sur le trottoir, a traversé l'esplanade au milieu des badauds qui s'enfuyaient, et le Grand Homme s'y est engouffré. Il a disparu, la fête était finie.

Je me suis retourné, déjà trempé par la pluie, et c'est alors seulement que je l'ai vue : une rafale de vent a déchiré une grande étoffe suspendue, et la statue de Robertson m'est apparue. L'inauguration n'avait pu se faire, mais la pluie, elle, ne devait plus s'arrêter.

C'est à partir de cet instant que tout a changé sur Saint-Peter. Le temps de la douceur et des chaudes impressions était révolu. Tout allait s'accélérer, devenir plus glissant, incertain. Descendu du ciel, le trouble allait s'immiscer dans les cœurs et les gestes. Il s'agissait de vivre plus vite, de faire attention, de vaincre les éléments, sans pour autant tout comprendre ni participer. Rester sur le chemin, résister, et regarder.

La course. Partout sur les trottoirs, dans les ruelles, les gens ont commencé à galoper. Mais dans une fuite ponctuée de beaucoup d'arrêts : à chaque fois qu'on voit une auto arriver, on se met à crier. On sait qu'on va être arrosé par de hautes gerbes d'eau, alors on crie par avance. Ça doit aider à supporter. Je finis par faire comme tout le monde. Je m'arrête, je crie, j'attends que la voiture passe, et je repars.

Alors que j'avais appris à traverser la rue pour trouver le côté à l'ombre, voilà que maintenant il faut chercher les recoins les plus abrités. La corniche d'un toit, l'auvent d'un magasin, il faut dénicher les parapluies du paysage urbain. Parfois, on se retrouve serrés à quatre ou cinq sur un petit mètre carré d'abri et là, le contact humain n'est guère la priorité. Le quidam le plus excédé nous gratifie d'un « tchip » – la langue entre les dents, je n'ai jamais su le faire correctement –, et va tenter sa chance de l'autre côté de la rue. De toute façon, il faut bien rentrer chez soi, ou à l'hôtel. Alors on avance. L'eau qui ruisselle sur la tête, suit l'arête du nez et vient curieusement saler les lèvres, la même eau pique les yeux. Je me frotte, c'est pire encore. Je ne vois plus très bien, tout est flou. Je heurte violemment de la tête une épaule surgie à l'angle d'une maison. J'écarquille les yeux, une capuche verte s'écarte un peu et un visage détrempé me hurle dessus, pour couvrir le bruit assourdissant des gouttes d'eau sur les toits :

— Eh, mon ami François ! Comment vas-tu ? Tu vois, ça c'est une grosse plouie !

— Ah oui, j'ai vu !

— Il faut bien te protéger, tiens, regarde-moi !

Je reconnais Frantz, arborant un magnifique ciré vert, qui le couvre de la tête aux mollets. On dirait un pêcheur breton.

— C'est bien pour toi, mais comment savais-tu pour la pluie ?

— Ça fait plusieurs jours que je l'attends… et cette fois, c'est *absolutely* historique, je te l'assure ! Cette onde tropicale, on en reparlera. Mais rentre chez toi, l'ami, *bye !*

Frantz termine sa phrase par une série de petits pas au milieu de la rue. Il traverse sur la pointe des pieds ou presque, les mains tendues en balancier sur les côtés, avec une grâce féminine, à la manière du capitaine Jack Sparrow. Il disparaît dans une autre rue.

Je continue et enfin j'arrive à la grande intersection où, tout à l'heure, des centaines de jeunes gens dansaient. Tiens, les amplis se sont tus, et apparemment personne n'a été électrocuté. Le tracteur et sa longue remorque sont encore là et même un peu trop. Ils sont à l'origine d'un bouchon, événement probablement inédit à The Plain. L'engin manœuvre pour faire demi-tour, gêné en cela par les piétons au milieu de la route, et par les voitures qui aimeraient bien passer.

Un instant, je m'arrête pour regarder et pour avoir un petit répit, collé contre le mur d'un bureau de change dont le toit déborde un peu. Je ne suis pas seul, d'autant qu'un nouveau véhicule vient de se faire prendre dans la nasse, et attire l'attention des badauds. La Bentley de Robertson, vitres fumées et petits drapeaux au vent, vient elle aussi s'immobiliser dans la file des autos. Nul policier visible pour faire la circulation, tous sont aux abris. La fenêtre avant de la Bentley se baisse, le malheureux chauffeur crie deux ou trois injonctions aux autres conducteurs, rien n'y fait. Le visage trempé, il n'a qu'à remonter sa fenêtre et patienter.

Cette courte scène a eu le don de m'amuser, ainsi qu'un de mes voisins d'abri, qui rigole bien. Par contre, à deux mètres de moi, un autre énergumène a plutôt tendance à s'énerver. Lui aussi a la tête dissimulée dans une capuche, je ne peux distinguer que ses mains. Elles tiennent, ou plutôt elles s'agitent sur une étrange petite poupée, qui a une figure recouverte de paille, à la manière d'une barbe. Trois clous traversent cette poupée de part en part. Je trouve le personnage bizarre, et il me rappelle quelqu'un, mais je ne me souviens plus qui. L'homme en colère fixe la voiture de Robertson et marmonne quelque chose. Je ne comprends pas, je veux m'approcher et le gars s'enfuit en criant :

— Il faut que ça cesse ! Il faut que ça finisse !

Déjà, il a disparu de l'autre côté de la rue, où je ne peux le suivre du regard. Le tracteur est reparti, la circulation redevient fluide.

À mon tour, je traverse et commence à remonter Nelson Road pour rejoindre mon hôtel. Je marche tête baissée, sans vraiment regarder où je vais. L'eau est montée déjà presque jusqu'aux chevilles, comme un petit ruisseau. La violence du vent gêne pour respirer, machinalement je me cramponne à un panneau indicateur, puis au grillage d'un jardin, pour mieux avancer. Soudain, un véhicule que je devine seulement s'arrête à ma hauteur, dans un coup de frein qui me lance une salve d'eau en pleine poitrine. Je suis plaqué contre le grillage. Une petite bonne femme arrive en sens inverse en courant, elle rattrape le van, ouvre la porte et monte. Le visage du conducteur traverse la pluie comme une apparition :

— *Sorry, man !*

Je reconnais l'ange du premier jour, Élie et ses *locks*. Il se souvient de moi :

— Eh, François ! Je t'attends encore : il n'est pas trop tard. Demain après-midi, à Maho !

Il m'a salué de la main, et il a démarré sans écouter ma réponse :

— Oui, à demain… si je peux.

Je le regarde s'éloigner. Son van est vert, je ne l'avais pas reconnu. Étrange soirée. Robertson et le déluge, Frantz et Élie, comme si tous se tenaient. Et l'homme à la poupée. Bon, il faut que je file. J'ai l'impression que la pluie me rentre dans la tête. Je penserai mieux demain.

CINQUIÈME JOUR

La nuit n'a pas été bonne. Sans discontinuer, la pluie est tombée à grosses gouttes sur le toit, et en plus le tonnerre s'en est mêlé. Fatigué mais incapable de dormir, je me suis assis sur un fauteuil du salon et j'ai attendu. Pour m'occuper, j'ai compté les gros points rouges sur mes jambes blanches : sept. Ce sont les piqûres de moustique, à quoi on reconnaît les derniers arrivages de touristes, blancs à pois rouges. Je me suis servi un *ti punch,* frais et citronné, plutôt agréable. Tout de même, il me manque quelque chose. L'image de la fille, entrevue dans le village à midi, m'a hanté jusqu'au petit matin. Ou du moins jusqu'à ce que je finisse par m'endormir.

Levé assez tard, je croise Jerry, occupé à pousser l'eau hors de sa terrasse avec un long balai. Il me résume la situation :

— La pluie a rempli les ravines de la montagne, qui ont coulé comme des torrents jusqu'au centre-ville. Il y a des inondations partout, les magasins vont rester fermés. Dans la montagne, il y a même des routes coupées.

— Alors, Jerry, que me conseilles-tu ?

— Tu sais piloter dans l'eau ?

— Pas spécialement !

— *Well !* De toute façon, tu vas être mouillé. Alors, marche jusqu'au centre, et si tu veux bouger, prend le bus. Les gars, eux, connaissent ça. Mais évite la mer : elle est mauvaise. La montagne aussi, il y a des morceaux qui tombent avec de l'eau et de la terre, *very dangerous !*

— Bien... Que va-t-il me rester ?

— Du culturel, peut-être. Vous, les Français, vous aimez ça ! On n'a pas de Versailles ici, mais l'église et le fort méritent un détour. Et si tu vas à l'église, prie pour nous et la fin de la pluie !

— Il pleut encore ?

— *Oh yes !* Mais c'est moins fort que pendant la nouit.

Dehors, l'ambiance n'était pas aussi festive que la veille. La chaussée était quasiment abandonnée à l'eau, qui formait une vraie petite rivière dans chaque rue. La couleur n'était certes pas le bleu maritime, mais un brun boueux, qui transportait pierres et bouts de bois descendus de la forêt. Chacun marchait au ralenti, de l'eau jusqu'aux mollets. Les rares automobiles glissaient tout doucement, avec toujours le même jeu de gerbes sur les côtés. Certaines femmes, déjà trempées, usaient de leur parapluie pour se protéger les jambes au lieu des cheveux, toujours en criant un peu.

À chaque intersection, comme plusieurs rivières impromptues se rencontraient, davantage de pierres et de branches étaient déposées là. C'est alors que les équipes de la société *Greenland* se mirent en action : des camions verts, des cirés verts, des hommes verts envahirent chaque carrefour, pour se charger du nettoyage et rendre les lieux à la circulation, en ramassant tout ce qu'ils pouvaient. Un moment je regardai leur étrange ballet, où se mêlaient une forme de nonchalance organisée et une soudaine poésie de l'humidité. Le frottement de leurs pelles sur la route apportait une variation dans le clapotis général, et leur acharnement me parut aussi courageux qu'étonnant.

— Mais qui sont donc ces héros jaillis de la pluie ?

Faute de réponse, j'essaie de trouver un but à ma promenade, et je choisis de monter au fort, puis à l'église. Au-dessus du front de mer, une petite rue dessert les deux seuls monuments de The Plain. Au plus haut, après une pente assez rude rendue glissante par les eaux, se tiennent les vestiges d'un fortin. Pour lui donner une seconde jeunesse, l'État de Saint-Peter y a déployé ses couleurs, mais bien évidemment toute l'histoire de ce lieu est coloniale. Un panneau explicatif en anglais nous fait le récit d'une bataille au XVIIIe siècle, entre des navires français et le fort anglais. De nos jours, transportés que nous sommes à coups de passeports de l'U.E., nous avons du mal à imaginer que ces îles paradisiaques étaient autrefois le théâtre de guerres interminables... Des temps farouches, ne restent que des malheureux canons rouillés, certains remis sur des affûts en bois tout neufs, mais la plupart sont encore abandonnés à même l'herbe. Les corps de bâtiment sont en ruines. La conservation du patrimoine ici, n'est vraiment pas la priorité, à moins que l'île ne manque de moyens. Pourtant, il m'avait semblé que la marina et les casinos étaient en parfait état, eux. Le seul intérêt de la montée au fort est la vue que ce promontoire peut offrir, au moins par temps clair. L'île voisine d'Antiba est visible, de l'autre côté du *channel*, mais en ces jours de pluie, ses contours sont plutôt flous. Les rafales de vent me rabattent des tonnes d'eau dans la figure. Je préfère retourner sur mes pas, en prenant garde de ne pas glisser.

L'église est plus intéressante. Située au centre d'un vaste jardin, elle est entourée de bougainvillées, de lauriers roses et de cactus aux formes inattendues. Le bâtiment est peint dans un orange saisissant. La première différence avec les églises d'Europe est l'absence de vitraux aux fenêtres, ou plus précisément l'absence même de vitres, de fenêtres. En leur place, il n'y a que des volets en bois, refermés pour cause d'onde tropicale. J'imagine qu'en période plus normale, l'église doit être truffée d'ouvertures, pour laisser passer les courants d'air et rafraîchir les nefs.

Mais le trésor se trouve dans la peinture. Je m'approche du chœur. Élie m'avait parlé de sa Vierge à l'Enfant, je la vois. Sous un ciel bleu roi, on pourrait la croire inondée de soleil, mais elle est représentée à l'ombre d'un flamboyant. La jeune mère et le grand arbre rouge protègent ainsi l'Enfant sacré. Les couleurs ont l'éclat tonique de Matisse et les traits ont quelque chose d'enfantin et d'aimant. Cette madone des îles a été peinte avec l'amour du peintre plus que son savoir-faire, même si, au premier plan, les coquillages montrent une précision de naturaliste. Pendant longtemps, je ne peux décrocher mon regard de cette Vierge. Elle est à mille lieues de tout ce que j'ai pu voir, si loin de ces vierges romanes rigides ou des visages laiteux de la Renaissance. Celle-ci est une adolescente qui jette sa jeunesse au monde, ses yeux marron ne sont que détermination et envie de vivre, son sourire un appel au bonheur. Il est impossible de rester indifférent face à cette beauté inouïe, qui mêle la douceur de la mère à la sensualité de la jeune fille. Ah ! oui, j'allais oublier : le petit Jésus et sa mère sont tous deux noirs.

Un court instant, je reste sous le petit porche de l'église, pour gagner quelques secondes de plus à l'abri. Mais de toute façon, cela ne cessera pas, à quoi bon attendre ? J'enfile la capuche de mon imperméable, et je repars à travers les rues de The Plain. Autant je peux être réactif au soleil et à la mer, qui me rendent instantanément heureux, autant la pluie a le don de me démoraliser, fût-elle tropicale. Elle imprime un filtre grisâtre qui salit tout, elle nettoie la vie de ses couleurs, force à accélérer le pas alors qu'il est plus dangereux de marcher, et finalement elle fait glisser le sourire des visages. L'air devient morose, le contact avec toute chose est perturbé par l'humidité, comme une deuxième peau qui gâte tout, les têtes se baissent, rien ne va plus. Il faut ployer, résister, tenir, sans savoir quand cette satanée pluie finira.

Heureusement, même loin du cliché de la plage ensoleillée, les Antilles me réservent des surprises. Je traverse la rue sans avoir regardé, les yeux baissés à la recherche de mes pieds, quelque part sous l'eau. Un cri strident me fait sursauter, je tourne la tête à droite. Une espèce de géant est là, recouvert d'une capote en plastique, et monté sur un ridicule scooter, qui semble taillé pour un enfant tellement l'homme est grand. Il vient de freiner en urgence pour ne pas me renverser. Le type me ferait rire s'il n'était pas impressionnant : il est en short et en sandales, les pieds à l'arrêt dans l'eau, mais prêt à me dévorer tout cru. Il retire sa capuche pour mieux me crier dessus :

— *Eh, man ! Be careful, this is not a beach !*

Certes, ce n'est pas une plage. Je m'excuse en bafouillant, je recule sur le trottoir, et le costaud reprend sa route. Je le suis des yeux. Et là, je le reconnais quand il passe devant moi, à son petit caillou dans l'oreille. Ce géant sur une moto d'enfant, ce plouc en short au milieu de la pluie, c'est le responsable de la sécurité du casino. Je le regarde s'éloigner. C'est vrai qu'il est rudement moins imposant, moins solennel.

J'erre dans les rues à la recherche de quelque chose à manger. Ce n'est pas que j'aie faim, pour une fois, mais je ne sais pas ce que je pourrai trouver au village de Maho. Tiens, même l'homme au barbecue géant a fermé boutique, pas de *ribs,* aujourd'hui. Les restaurants, tous avec terrasse, ne sont pas ouverts non plus. Les ouvriers de Greenland, eux, continuent leur travail. Je vois un gars qui mange dans une boîte, sous un auvent de magasin. Je m'approche, et juste derrière lui j'aperçois un petit resto chinois. Je prends une boîte aussi, et je le rejoins sous son abri. Sourire forcé. Au moins, c'est chaud et pas mouillé. Mon voisin dodeline de la tête en regardant s'affairer les hommes en vert. Enfin, n'y tenant plus, il entame la conversation :

— Regardez ça ! Ce n'est que de la mise en scène ! Ils ramassent les saletés aujourd'hui, alors que la pluie continue de tomber. Tout ça pour faire croire qu'ils s'occupent de nous. Dès qu'une grosse averse nous dévale dessus, ça y est, ils sortent de leur boîte pour nous rassurer. Mais c'est du pipeau, ça ne prend plus !

Je le regarde sans vraiment comprendre, alors il continue :

— Les pierres et bouts de bois qu'ils ramassent, ça ne sert à rien, demain il y en aura autant, et jusqu'à la fin de la pluie. Tout ça est ridicule !

— Alors, pourquoi le font-ils ?

— Bah... parce que Greenland a obtenu une concession de l'État pour nettoyer. Alors, ils nettoient. Pour justifier d'être payés, et montrer qu'ils sont bien là. De vrais bienfaiteurs !

— Ah, oui ? Mais en fait pour qui travaillent-ils ?

Là, mon voisin arrête de manger et de parler en même temps. Il me dévisage. Il doit me prendre pour un extraterrestre, quelqu'un qui ne connaît rien à rien. Il soupire, mais il a tout de même pitié de moi :

— Greenland, ce sont ceux de l'entretien, en vert. Quand il pleut. Quand il fait soleil, ils sont jaunes. Ils ont assez de camions pour ce petit jeu de cache-cache. Des chantiers de construction quand il fait beau, du nettoyage quand il pleut. Bien trouvé, non ?

— Ah oui, si on veut. Mais qui est derrière tout ça ?

Là, mon interlocuteur referme sa boîte. Il s'essuie religieusement les lèvres d'un revers de main. Il me toise d'un regard hautain, puis il feint un air mystérieux :

— Allez savoir, monsieur !

Et il quitte son refuge pour traverser la route en faisant de grands signes :

— Qui peut savoir, mon pauvre monsieur !

Je finis de manger seul. De l'autre côté de la rue, face à moi se trouve un magasin. Son auvent protège une grande largeur du trottoir. Une porte est fermée par un rideau métallique et devant, un homme est là, qui observe la pluie. C'est un Chinois, accroupi, bien planté sur ses pieds. Il fixe l'eau, mais ses yeux semblent vides, absents. Je l'imagine désespéré, l'argent ne va pas rentrer, ou bien il ne supporte pas l'humidité. J'aurais presque envie de me mettre à sa place ou de m'accroupir à côté de lui. Sa mélancolie me gagne.

Mais qu'est-ce que je raconte ? Je suis en vacances, libre, il me faut réagir ! Et puis la pluie, je connais, à Paris. Alors, qu'est-ce qu'on attend pour être heureux ? On ne va pas se laisser casser le moral par quelques gouttes d'eau, tout de même ! Je jette ma boîte vide dans une poubelle, et je repars. Tête baissée, ne sachant pas où je vais, je file. Par bonheur, je me retrouve sur une artère assez importante pour être desservie par le bus. Il n'y a pas d'abri, chacun attend sous son parapluie ou sa capuche. Trois minutes et deux dollars plus tard, je suis parti pour Maho.

Le voyage dure une éternité. Le minibus ne va pas vite, ralenti par l'eau jusqu'à mi-hauteur des roues. Et puis le chauffeur parle abondamment aux passagers, certains lui demandent de les déposer en un lieu précis, pour les rapprocher de chez eux. Notre route est loin de suivre un itinéraire direct. Je me fais une raison.

Enfin, un grand panneau de bois nous accueille : *Welcome to Maho, the village where time has stopped!* Bien, le tout est de savoir à quelle époque s'est arrêté le progrès. Je descends sous le grand flamboyant qui couvre une partie de la place. L'endroit est désert. J'imagine que c'est à cause de la pluie. Pas d'enfants qui jouent, pas de voitures, pas de bruit, c'est étonnant et presque lugubre. Je marche dans la rue principale. Je passe près du cimetière, j'entrevois des croix et des dates, certaines remontent au XIXe siècle. Un peu plus loin, la vie refait son apparition, mais ce n'est guère reluisant : quelques porcs sont là, sur un tertre encore épargné par les eaux. Je continue mon chemin. Enfin, un homme arrive en face de moi. Je lui demande s'il connaît Élie, s'il peut me dire où le trouver. Il m'indique une maison sur une petite hauteur, un peu à l'écart. La côte qui y mène est plutôt salutaire : toute la pluie dévale la pente du côté droit, dans un ruisseau unique. Il suffit de marcher à gauche pour ne plus être dans l'eau.

Une dizaine de mètres avant la maison, un curieux mobile est installé. Il tient de l'oiseau en fil de fer, du bateau à voile et de la silhouette féminine. C'est amusant et assez gracieux. Des éléments moins charmants, mais plus utiles, y sont suspendus. À hauteur d'homme, une boîte cylindrique en métal est violemment ballottée par le vent. Peu importe, il n'y aura certainement pas de distribution de courrier, par ce temps. Un peu plus haut, un écriteau en bois porte cette simple inscription :

Elie BURNS, paintings

Au moins, je suis sûr d'être arrivé. Je frappe à la porte, personne ne répond. Je décide de contourner la maison. Derrière, un bâtiment qui tient autant du garage que de l'atelier est grand ouvert. Le van vert est là. J'avance et j'appelle :

— Élie, tu es là ?

Une voix posée me répond, du fond du garage :

— Oui, je suis là. Viens, avance.

L'artiste est au travail. Il ne s'interrompt pas et me laisse venir à lui. Son tableau n'en est pas vraiment un, il ne peint pas sur une toile. Il est face à un cercle en bois, posé sur un chevalet. Je m'approche doucement et lui pose la main sur l'épaule en manière de salut. Il me répond sans lever son pinceau :

— *Hello,* François ! Content de te revoir.

— Moi aussi, Élie.

Le même silence que dans son van, quatre jours plus tôt, s'installe entre nous. Nous sommes bien, paisibles, complices. Je le regarde peindre. Son pinceau dépose tout en douceur un liseré rouge autour d'un cercle orange. Le tableau entier est de cette couleur. Au centre, des lettres noires écrivent un mot que je ne reconnais pas, souligné par une flèche indiquant la droite :

DIVERSION

Je demande à Élie de me le traduire.

— C'est quand une route est fermée, alors il faut en prendre une autre. Comment tu dis ça, en français ?

— Déviation !

Je suis un peu étonné, tout de même. Pourquoi un artiste se met-il à peindre des panneaux de signalisation ?

— Je ne comprends pas, Élie : ton van est devenu vert, tu peins des panneaux pour la route, tu travailles donc pour Greenland maintenant ?

Le pinceau s'est levé, Élie tourne la tête vers moi, une secousse soulève ses épaules, et il s'esclaffe d'un grand rire :

— Greenland, moi ? Il ne manquerait plus que ça ! Mais si on peut le croire, alors c'est parfait, tout juste ce qu'il me faut !

Élie repousse un peu ses *locks* de sa main gauche, et recommence à peindre. Après un petit moment, il s'arrête à nouveau et me jette un regard plein de malice.

— Tu sais François, je ne fais pas que ça ! Promène-toi et observe.

Sans rien dire, je le quitte pour tourner lentement dans l'atelier. C'est un enchevêtrement de meubles qui portent des palettes multicolores, des boîtes de peinture par dizaines, des crayons aussi et des tas de toiles. Vierges encore, elles s'empilent, de différentes tailles. Déjà peintes, ou inachevées, elles sont accrochées aux murs ou attendent la touche finale sur des chevalets. Beaucoup de paysages, des collines, des flamboyants, des cases dans un village, c'est à la fois rustique et coloré, avec une note de poésie surréaliste. Sur la cime d'un grand arbre rouge, une chèvre est en train de brouter. Sur le dos surallongé d'une vache géante, une petite fille saute à la corde à côté d'aigrettes pique-bœuf. Au milieu d'un van orange conduit par Élie lui-même, un orchestre de *steel-drum* joue et une foule d'enfants danse en applaudissant. C'est d'une fraîcheur tout à fait réjouissante.

Vers le fond de l'atelier, plusieurs portraits en pied délimitent une petite salle, à la manière d'une chapelle votive. Au centre se trouve une chaise où je prends place. Tous ces tableaux représentent la même jeune fille. Je la reconnais : c'est la Vierge à l'Enfant de l'église de The Plain. Elle a toujours ce merveilleux visage, beau et déterminé. Seule sa tenue diffère, déclinée selon les âges de la vie. Non, ce n'est pas ça, elle est toujours adolescente. Ce sont plutôt des instants de vie, croqués pour l'éternité. À côté d'un *schoolbus* jaune vif, elle est dans son adorable uniforme de lycéenne, à jupe et chemisier bleus. Au pied de l'église, elle est en robe de mariée, blanche immaculée. Laissant paraître le rond d'un petit ventre marron, la voici en ensemble de carnaval, avec diadème et plumes vertes. Elle est si belle, en toutes circonstances, comme un printemps qui ne s'éteint pas, une jeunesse en fleurs, la grâce. Dans le coin inférieur d'un tableau, une photo en noir et blanc est posée : son portrait, sentinelle de la mémoire. J'ai le sentiment désagréable d'avoir violé une intimité, je ne suis pas venu pour ça. Je retourne auprès d'Élie. Il a fini son cercle rouge et nettoie maintenant son pinceau. Il ne me regarde pas, il parle doucement :

— Tu l'as vue ?

— Oui, aussi magnifique qu'à l'église. Dis-moi, Élie, qui est-elle ?

— C'est une longue histoire. C'est ma petite sœur, Sofia. En 1967, elle conduisait le groupe des danseuses de Maho, au carnaval. Cette année-là, nous avions le meilleur *band* de l'île, c'était absolument magique, tant pour la musique que pour la danse. Et tout le village suivait nos jeunes, c'était grand. Sofia a été remarquée, elle a été élue reine du carnaval. C'est là que tout a basculé. Pendant les fêtes, elle a fait la connaissance d'un jeune homme de la ville, The Plain. Un garçon très bien à ce qu'elle disait, d'une riche famille. Elle allait souvent le voir, de l'autre côté de l'île. Nos parents laissaient faire, ils étaient heureux pour elle. Ils ne voyaient pas le danger. Un soir, elle n'est pas rentrée. Nous l'avons cherchée partout, les frères, les amis, tout le village avait pris peur pour elle. Le lendemain, quand elle est rentrée, elle était en état de choc, elle ne parlait plus. Nous l'avons questionnée, mais en vain. Des traces bleues marbraient ses bras, ses lèvres saignaient. On a tout supposé, une agression, un viol. Elle n'a rien voulu dire et nous n'avons jamais su ce qui s'était passé. À compter de ce jour, c'était comme si un ressort s'était brisé en elle. Son sourire avait disparu. Elle préférait rester seule, triste, ne voyait plus ses amies, ne dansait même plus. Un jour, elle a voulu retourner à The Plain, pour revoir ce garçon. Sa famille l'a éconduite en lui disant qu'il était parti aux États-Unis, pour étudier, à Boston.

Élie s'est tu et puis, il s'est levé. Il s'est penché au-dessus d'un guéridon, tête baissée, et brusquement il écrase son poing sur le petit meuble, faisant ouvrir un tiroir pendant qu'un vase se brise au sol. Élie soupire profondément puis revient s'asseoir. À ce moment, pour la première fois, le poids des ans le fait vraiment ressembler à un vieil homme. Sa voix calme et posée prend un peu de repos, ses yeux se sont mis à briller. Machinalement, il passe sa large main dans ses cheveux, attrape une poignée de *locks*, et descend toute leur longueur. Arrivé au bout, il semble revenir à lui, me regarde et reprend son récit :

— C'était vers la fin des grandes vacances. Sofia est partie se promener, seule. Nous l'avons retrouvée pendue à un flamboyant. C'est là que le médecin nous a dit qu'elle était enceinte. Elle avait seize ans. Elle était notre soleil, elle était la perle de Maho et on lui a volé sa jeunesse. Notre mère en a perdu la raison. On n'avait pas le droit de faire ça.

Élie s'est relevé. Il voudrait frapper du poing, mais il fait un effort pour se contenir. Je ne sais si je dois lui dire d'arrêter là, si je dois me rapprocher de lui. À nouveau il pousse un soupir et finit son histoire :

— J'ai fait une petite enquête sur le garçon. Quand il est définitivement revenu, il était avocat, et puis il est devenu un grand monsieur, dans la politique. Il a su grandir dans le cœur de tous, mais pas dans le mien. C'est quelqu'un qui compte sur cette île, mais pas plus que Sofia. C'est toujours elle la plus belle, c'est elle qui illumine l'église de The Plain, pour toujours. Lui, il finira bien par payer le mal qu'il a fait. Mr. Robertson, votre heure est bientôt venue.

Encore lui ! Décidément, cet homme ne fait pas l'unanimité. Élie a souri légèrement, la tension visible sur son visage redescend. Il parle de nouveau calmement :

— Tu as vu, hier, à la fête ? Même le ciel s'est mis en colère. J'ai trouvé ça très drôle, cette pluie énorme qui ne voulait plus de lui, comme pour marquer la fin d'une époque, d'un système. Même les gens qui croyaient en lui sont partis en courant. Le seul endroit où il semblait à l'abri était sa voiture, et encore ! Pour tout le mal qu'il a fait, il devra payer un jour.

Élie a achevé sa remarque sur un clin d'œil, il est redevenu lui-même. Je suis resté encore à parler avec lui. Il m'a raconté la vie de son village. L'existence n'y a pas encore été bouleversée par l'arrivée du tourisme, nul promoteur ne s'est intéressé à cette partie de l'île, un peu trop isolée. Les habitants laissent leurs bêtes en liberté, poules, chèvres et même les vaches. Certaines vont brouter dans les jardins, ce qui n'est pas du goût de tout le monde. Le carnaval, en février, n'est plus la seule attraction. Il y a aussi, en juin, le plus célèbre concours de boucs de l'île, où tous les cornus de Saint-Peter et d'Antiba se lancent des défis, mais sans combats : tout est dans l'élégance.

L'artiste que je connais maintenant un peu est bien l'ange entrevu le premier jour. Il s'est taillé dans son village une vie paisible, entouré de ses amis et voisins paysans, avec juste ce qu'il faut de renommée pour décorer l'église de la capitale. Mais derrière cette apparence d'harmonie et de quiétude, il cache ses démons. Son cœur a souffert tant d'années, la rancune s'est tant accumulée qu'il lui faudra bien un jour se libérer de son histoire. Et là, je n'aimerais pas être l'objet de sa colère froide, mille fois remâchée. Ce jour-là, le ciel de Saint-Peter tremblera.

En attendant, il pleut toujours. Élie me conseille de ne pas partir trop tard, il n'est pas sûr, avec ce temps, que les bus respectent vraiment l'horaire du dernier voyage. Je prends donc congé, avec une certaine émotion, et de nouveau je marche dans l'eau. Je ne vois même plus la pluie, c'est devenu d'une telle évidence. Quand le bus arrive enfin, il est près de 18 heures, il n'y a plus que pour quelques minutes de jour.

De retour à The Plain, je me précipite dans le premier *supermarket* venu, qui vend absolument de tout. Sa rôtisserie me plaît bien, mais mon œil est attiré tout à coup par une personne un peu étrange. Ce barbu, complètement échevelé, en bermuda beige et en ciré vert, pousse son caddie avec une énergie incroyable. Je le reconnais : c'est Jack, l'ermite de la forêt. Je m'approche de lui :

— Eh, Jack, vous me reconnaissez ? L'autre jour, chez vous ?

— Ah, oui, je vous remets !

— Alors, comment cela se passe-t-il chez vous, avec la pluie ?

— C'est l'enfer ! J'ai tout fermé, barricadé, j'ai cloué des planches sur mes fenêtres, et je suis parti. En ce moment, c'est un ami qui m'héberge.

— Ah oui ? Vous avez donc fini par quitter votre maison !

— Non, pas vraiment. En fait, je suis venu en ville pour chercher du matériel, et je rentre demain. Vous savez, la petite rivière est devenue puissante comme un fleuve, elle a rejeté l'arbre qui me servait de pont. Et deux autres ravines sont aussi devenues des rivières. Pour venir à The Plain, j'ai dû couper en pleine forêt, ça m'a pris un temps fou. Alors, j'ai besoin de matériel.

Je regarde son chariot : il contient principalement de petits outils et des clous, mais surtout une hache redoutable.

— Vous voulez donc abattre des arbres ?

— Oui ! Certains sont pratiquement déjà tombés, ils penchent dangereusement près de chez moi. Et puis, je devrai me faire un nouveau pont, dès que tout ça sera terminé. Il me faut encore des câbles, pour retenir ou tirer les troncs.

— Et bien, je vous souhaite bon courage, Jack, et bonne continuation.

— Merci mon ami, et tenez-vous à l'écart, par cette pluie, on ne sait jamais ce qui peut arriver.

Jack s'est éloigné en poussant son caddie frénétiquement, entre les allées. À présent, je suis sûr que c'était lui, hier, qui regardait la Bentley de Robertson. La petite poupée vaudou, c'était lui aussi.

C'est ma seconde soirée sous la pluie. Je ne veux pas croire que la vie s'arrête pour ça. Ce n'est même pas une alerte cyclonique, seulement de l'eau – beaucoup – et un peu de vent. La majorité des restaurants et des commerces sont restés fermés, mais il doit bien y avoir quelque chose d'ouvert. À tout hasard, je demande à Jerry d'appeler un taxi. S'il y en a un qui se déplace, il saura où m'emmener.

J'attends une demi-heure, rien ne vient. Je suis un peu énervé. Jerry me fait remarquer que c'est pour ces soirs pourris qu'on a inventé la télévision. Cela ne m'amuse pas. Je prends le risque, malgré la pluie : je sors mon 4x4, et je file. Sur le front de mer, des vagues impressionnantes ont déjà gagné la route par-delà les enrochements. Une boîte de nuit est ouverte malgré tout, je passe mon chemin. Une fois sorti de la capitale, je retrouve la campagne. Je ne distingue rien du paysage. Ah si, là, je reconnais ces deux mornes. Je sais où ma voiture se dirige : la même route, la même pluie, juste un peu plus forte, c'est la route du casino. Je me laisse faire.

Tout est identique, mais en moins : moins de belles robes, moins de bateaux dans le port, moins de joueurs dans les salles. L'hippodrome miniature ne compte qu'un seul parieur. Je m'approche et je ne suis même pas surpris : c'est Frantz. Il a les yeux perdus dans son verre, mais il est toujours aussi élégant. Je m'assois à côté de lui. Il me salue sans dire un mot. Je ne sais pas si c'est de l'indifférence ou déjà l'alcool. Je n'ose pas troubler le silence. Frantz me regarde en coin, puis il me donne un petit coup de coude.

— Tu sais ça, François ?

— Quoi donc, Frantz ?

— Aujourd'hui, c'est historique.

— Pourquoi ça, que s'est-il passé, à part la pluie ?

Décidément, je ne vois plus qu'elle, je n'arrive pas à m'en sortir. Mais les gens continuent à rêver, à agir.

— Ce soir, je ne bois pas une seule goutte d'alcool, *absolutely* aucune. Ça, c'est un début, pour être historique.

— Je veux bien te croire Frantz, mais le monde ne va pas s'en trouver changé, même pas Saint-Peter.

— Qui peut le dire ? Je n'ai pas joué d'argent non plus, ça c'est une deuxième chose historique, pas un cent !

— Ah, bien ! Tu ne fais plus confiance au jeu, alors ?

— Non, j'ai trouvé autre chose pour donner un sens à ma vie.

— Formidable, Frantz. Je peux savoir ce que c'est ?

— Chut !

Frantz regarde tout autour de nous, se rassure et continue sa confidence à voix basse :

— Je suis un homme d'action, à partir de ce soir. Je m'engage dans un mouvement de lutte contre l'oppresseur, ça, c'est historique, *isn't it ?*

Je me demande si Frantz n'a vraiment rien bu. En tout cas, il a l'air enthousiaste.

— Cette nouit, c'est un moment important pour Saint-Peter, une page qui se tourne, comme on dit dans les livres. Tu le sauras demain.

Frantz regarde sa montre et se lève brusquement.

— C'est le moment, je dois y aller...

Il me tape sur l'épaule et s'enfuit. À la sortie, il reprend au vestiaire son ciré vert et disparaît. Je me souviens alors qu'il n'a pas de voiture : comment peut-il partir, et pour aller où ?

Je commence à courir pour le rattraper, lui proposer mon aide. Arrivé dehors, je le vois juste qui monte dans un van vert. Quand il fait demi-tour pour sortir du *resort*, je reconnais le conducteur : Élie. Aussitôt je me précipite dans mon petit Feroza et je le suis. Je ne sais pas vraiment pourquoi j'ai fait ça. Après tout, leurs affaires ne me regardent pas, ils ont le droit de se connaître. Mais soit ils ne m'en ont pas assez dit, soit j'en sais juste assez pour avoir envie de découvrir le reste : je dois y aller. Et surtout, je n'ai strictement rien d'autre à faire.

Peu de voitures dans la nuit, j'ai une chance de ne pas me tromper et de suivre la bonne. Après le premier morne, à droite, le van tourne, je ne le vois plus. J'appréhende de ne pouvoir les retrouver, s'ils empruntent une route de montagne que je ne connais pas. Au moment précis où je vais tourner à droite, une voiture puissante, venue d'en face, me passe devant dans un virage survolté, à la limite du dérapage et prend la même route. J'ai dû freiner, je suis maintenant distancé. Je veux savoir malgré tout, je tourne et je les suis. C'est effectivement une petite route de montagne. Dans les lacets, plus haut, les deux voitures qui me précèdent dessinent des sillons jaunes avec leurs phares. Tout le reste est noir, même l'eau qui coule sur les côtés de la route a pris une couleur sombre. Ces quelques instants de conduite nocturne me sont pénibles. Outre l'exercice qui consiste à négocier les virages au mieux, je dois rester concentré sur le peu de visibilité que me laissent la pluie et la nuit. Les pierres et les ruisseaux sont disposés comme des ennemis en embuscade sur la route, sans qu'aucun ne soit véritablement dangereux. Parfois, une seconde je tourne mon regard vers le côté et j'imagine un torrent de boue qui dévale la pente, me recouvre ou m'emporte. Non, rien ne se passe. Je monte toujours, lentement, précautionneusement.

Une ligne droite un peu plus longue se termine par un embranchement : la route se divise en deux. Le van est arrêté juste à cet endroit. Je stoppe aussi, environ cent cinquante mètres avant lui. La grosse voiture, elle, ne s'est pas arrêtée. Elle a opté pour la route qui redescend légèrement, à droite. Elle s'avance et s'enfonce dans la nuit. Ses lumières disparaissent dans la masse sombre de la forêt.

Je m'approche. J'aperçois un homme, tout en vert, qui attrape un panneau de déviation et le range à l'arrière du van. Il monte à l'avant du véhicule qui aussitôt fait demi-tour. Le van repart. À ma hauteur, il s'immobilise et sa fenêtre avant s'ouvre. Je vois Elie, qui fait mine de ne pas me reconnaître.

— *Eh, man !* Retourne à The Plain, il n'y a plus de route ici, il n'est pas possible de continuer.

Élie a refermé sa vitre et s'en est allé. Le van s'éloigne jusqu'à disparaître un lacet plus bas. Je me retrouve seul, en pleine nuit, dans la montagne. Je ne sais même pas où je suis. La pluie redouble. Le vent tord les arbres tout autour de moi, dans un vacarme de guerre. Ma voiture à l'arrêt est bombardée de branches et de gouttes de pluie grosses comme des œufs. Des craquements sinistres retentissent de la forêt. À tout moment, je m'attends à voir surgir un bosquet d'arbres propulsé par un torrent fou. Mieux vaut ne pas tenter le diable, je décide de repartir. Je fais demi-tour et je file, le moins lentement possible, vers la plaine.

Cette aventure, vraiment, aura tourné court. Je n'ai rien fait, rien vu, rien compris. Je rentre à mon hôtel, piteux et désolé. Un peu honteux aussi. Je croyais surprendre ensemble Élie et Frantz, en flagrant délit d'amitié, pour pouvoir me joindre à eux. C'est manqué : Élie m'a snobé, il m'a ignoré. Je suis déçu. Je n'ai plus qu'à aller me coucher. Il ne s'est rien passé ce soir.

SIXIÈME JOUR

Le lendemain matin, lorsque je croise Jerry à la réception, il est planté devant sa télévision. Je le salue, mais il ne me répond pas. Il a l'air bizarre. Suit-il la course effrénée de la dépression tropicale sur son écran bleu ? A-t-il vu soudain arriver le cyclone ? Je m'approche. Le poste de télé est tout entier occupé par une jeune et jolie journaliste noire, aux longs cheveux bouclés tombant sur un élégant tailleur. Ses yeux vifs accentuent chaque mot jeté au micro, elle est si grave que sa beauté paraît juste un détail. Je ne comprends rien à ce qu'elle dit tant elle parle vite. Enfin, Jerry se décide à rompre le silence :

— Tu sais ce qui s'est passé la nouit dernière ?

— Oui : il a plu tout le temps. Comme la nuit précédente, d'ailleurs.

— Non, François, pas ça ! Quelque chose d'important pour Saint-Peter.

— Ah oui ? Quoi donc ?

— Robertson est mort.

Sur le moment, je ne réagis pas. Cet homme m'était inconnu la semaine dernière et depuis, chaque jour m'apporte une nouvelle information à son sujet. Mais là, apprendre qu'il vient de mourir change tout. J'ai l'intuition que ce doit être important, mais je n'arrive pas bien à saisir la gravité de l'événement. Je n'arrive pas non plus à être ému ; après tout ce que j'ai entendu sur lui, c'est normal je suppose. Mais Jerry, peut-être est-il affecté, lui ?

— C'est important pour toi, Jerry ?

— Oh, oui, tout de même ! Le bonhomme me semblait un peu arrogant, trop sûr de lui. Mais il faut dire qu'il a été quelqu'un qui comptait pour ce pays. Il a tout réussi ! Comme maire, comme le Premier ministre de l'Indépendance, comme principal promoteur de l'île et le patron de Greenland, tout lui a souri. Il était devenu indispensable et les gens l'aimaient beaucoup, beaucoup.

— Je vois. Et comment est-il mort ?

— C'est idiot. Dans un accident de voiture. La nuit dernière, quand il rentrait chez lui, au château. Il a pris une petite route fort raide, à ce qu'il paraît, sans qu'on sache pourquoi. Et puis dans un virage, un arbre était tombé en travers de la chaussée. Il a voulu l'éviter, mais l'arbre a fait comme une glissière, qui l'a dirigé et l'a fait tomber dans le vide. Il a fait une chute de quarante mètres. Robertson est mort, *shit !* je n'en reviens pas !

À ce moment, la journaliste de la télévision a tendu le micro à un homme qui avait l'air déconfit. Les yeux humides, la voix incertaine, il semblait sincèrement attristé. Jerry me le présente :

— C'est Tom Mundell, notre ministre de la Justice, *very energetic,* tu sais ? Mais aujourd'hui il a mal dans son cœur, ça se voit. Il dit que Robertson était comme son père, et notre père à tous, le père de la nation.

Jerry devenait lyrique mais, c'est étrange, il ne parvenait pas à m'émouvoir. Le monde de Robertson n'était pas le mien et sa mort arrivait tout juste à me paraître étonnante, si soudaine. À la télé, l'homme avait fini par une annonce qu'il voulait grandiose, puis il avait quitté l'écran. Jerry s'est empressé de m'en faire le résumé :

— Le ministre a dit que Robertson mérite un deuil national. Il a dit que le gouvernement allait faire fermer toutes les écoles. Il a dit de belles choses.

— Oui, Jerry, je te crois !

Je ne peux m'empêcher de sourire, mais sans le montrer à mon hôte : les écoles ne pouvaient pas être fermées pour deuil, elles l'étaient déjà à cause de la dépression tropicale. Simplement, quand les grosses pluies s'arrêteront, les écoles rouvriront, et la vie continuera. Sans Robertson. À présent, la jeune femme de la télévision interviewait un officier de police. Très élégant, la barbe finement taillée, les cheveux poivre et sel, il répondait aux questions assez rapidement, avec aplomb. Jerry était suspendu à son discours, comme s'il en attendait des révélations fantastiques.

— C'est lui qui est chargé de l'enquête. Pour le moment, il ne comprend rien à ce qui s'est passé. Sans raison, Robertson et sa Bentley se sont retrouvés sur une route où ils n'auraient pas dû être. Il en existe une autre, beaucoup plus sûre et sans arbre au milieu ! Pourquoi a-t-il fallu qu'il passe par là. Quel malheur ! C'est une tragédie, sans aucune raison. Un accident, complètement absurde.

Je repensais à la Bentley, la belle voiture que j'avais vue à la fête, au front de mer, puis prise dans un embouteillage. Je me souviens qu'elle était conduite par un chauffeur et, aussitôt, je m'en inquiète auprès de Jerry :

— Robertson est-il la seule victime, ou bien son chauffeur aussi a été tué ?

— Non, Robertson était seul. Le jeudi, c'est le jour de congé de son chauffeur, il était chez lui quand c'est arrivé. Je l'ai vu tout à l'heure, il était filmé. Il était bouleversé, en pleurs. Le pauvre garçon !

Jerry se sentait vraiment concerné, touché par un événement qui devait avoir une résonance spéciale pour chaque habitant de Saint-Peter. Pour la première fois, je le voyais écrasé, privé d'énergie par une chape de tristesse infinie, distillée lentement mais savamment par la télévision. Ce matin-là, toute une petite nation devait être devant son écran et se préparait à pleurer son grand homme, en attendant le moment de la prière.

Je n'ai pas voulu, je l'avoue, participer à cette vaste communion cathodique. Je n'ai pas voulu me charger de ce malheur collectif, qui n'était pas le mien. Je suis parti et j'ai laissé Jerry noyer son regard dans celui de la jolie journaliste.

Dehors, la pluie m'attendait. J'ai recommencé à marcher, en essayant de trouver l'itinéraire le moins humide possible. Enfin, je suis entré dans un bazar indien pour acheter un parapluie. Quand je suis ressorti, j'étais ragaillardi, je me sentais armé pour une épopée. J'espérais retrouver, sur le trottoir, un peu de cet élan généreux, de ce parfum des premiers jours, cette sympathie gravée dans le sourire des passants. Mais non, rien n'y faisait. La pluie avait endormi l'île, le deuil la terrassait. Ceux que je croisais ne parlaient même plus, ressemblaient à des automates. Je rêvais l'instant d'avant d'un fulgurant mouvement de réaction, une sorte de réveil, mais c'était l'égoïsme du touriste qui voit venir son dernier jour de vacances. Mon épopée tournait à l'oraison.

Dans une rue en contrebas de l'église, je me suis retrouvé immobilisé sans le vouloir, échoué dans une file de figurants statiques. À ma gauche comme à ma droite, des mines sévères montées sur des robes noires attendent je ne sais quoi. Je tourne la tête, j'essaie de comprendre. En face de moi, venant tout droit de l'église et précédé par une voiture de police, un convoi funèbre fait son apparition. C'est un immense corbillard qui avance, une limousine au ralenti, suivie de dizaines de personnes à l'air grave. Des femmes âgées, le visage caché sous une mantille, pleurent, soutenues par leurs fils. D'instinct, je pense à Robertson et je dis à haute voix :

— C'est déjà son enterrement ? Décidément, ce Robertson est un rapide !

Mon voisin de droite m'a entendu, il est offusqué :

— Ce n'est pas Robertson, il ne sera inhumé que la semaine prochaine, avec les honneurs de la nation. Là, c'est l'enterrement de Mrs. Hodge, l'ancienne directrice d'école. Une femme de cœur.

Certes, je n'ai pas voulu contredire mon voisin. Des deux côtés de la route, ce sont maintenant des centaines d'anonymes, plus ou moins vêtus de noir, qui se serrent dans un hommage silencieux au passage du convoi. La ville est ainsi traversée, au pas, jusqu'au cimetière de The Plain. L'émotion est palpable sur ces visages de proches ou d'anciens élèves ; j'imagine que des générations ont dû passer entre les mains de cette madame Hodge.

Je finis par m'extraire de ce sombre défilé, d'autant que je n'ai jamais couru ce genre de traditions pas très amusantes, même si tout à fait respectables. Je reprends ma marche à travers la ville. J'aimerais penser à autre chose, mais que faire ici, sans mer ni montagne ? La pluie a essoré toute vitalité, je m'ennuie. Pour la première fois depuis que je suis là, je ne sais plus comment m'occuper. Alors, je me suis arrêté là, sur un trottoir luisant d'humidité, juste au-dessous d'une corniche qui déverse son eau sur moi. C'est un son nouveau, inédit, celui d'une minuscule cascade qui s'enfonce légèrement dans la toile de mon parapluie, avant de ricocher sur le sol, juste devant moi. Cette succession de bruits et de gouttes d'eau me captive un instant. Je ne pense plus, je regarde.

Doublé d'un coup de klaxon, un énorme vrombissement venu de la droite me fait sursauter, je tourne la tête et, aussitôt, une vague jaillit de la route et me submerge. Mon parapluie transformé en récipient se creuse au sommet et je le vide en le basculant. Le camion jaune, déjà, s'est éloigné et poursuit son vacarme. C'est la vengeance posthume de Robertson : il sanctionne mon indifférence. Je suis trempé de la tête aux pieds.

Je recommence à marcher. Un instant, je vais au hasard et c'est vers le front de mer que mes pas me mènent. Des gens sont là, contre vents et pluies, qui déposent des fleurs au pied de la statue. Dressé dans le bronze, Robertson a l'air encore plus gigantesque, plus puissant. Si le soleil revenait, je crois que l'ombre du grand homme mangerait une bonne partie de l'esplanade.

Je détourne la tête et poursuis mon chemin. La pluie se fait plus fine, moins agressive. Elle ressemble maintenant à un délicat crachin de Bretagne. Je me prends à rêver que cela annonce la fin des pluies. En attendant, toujours mouillé, je continue à marcher. Dans une rue, un bazar a installé une télévision dans sa devanture, allumée en permanence. Un attroupement s'est formé là, les yeux collés à la vitrine. Je m'arrête aussi. Je reconnais la journaliste qui savait si bien émouvoir Jerry. Le décor autour d'elle a changé. On dirait la montagne. Elle se trouve sur les lieux de l'accident ou plutôt, oui, c'est ça, juste où il y a un embranchement, avec deux routes qui se séparent. Je reconnais l'endroit. Aussitôt, ma gorge se noue, mon pouls s'accélère : là, devant ce poste de télé, en public, face à cette journaliste que je comprends à peine, je ne peux m'empêcher de crier :

— Mais je sais ce qui s'est passé, j'y étais, la nuit dernière !

Une paire de regards interrogateurs me dévisage, je me sens tout à coup très mal à l'aise. Je m'écarte du groupe et je m'éloigne.

Je commence à avoir peur, sans vraiment distinguer pourquoi. Je crois savoir quelque chose d'important, même si ce n'est pas clair dans mon esprit et je me dis que d'autres aimeraient certainement le savoir. Je cours presque à présent, sans aucune idée de l'endroit où je vais. Je me retourne, personne ne me suit. Pourtant, au moins cinq ou six hommes ont entendu, devant le bazar, que j'étais sur les lieux de l'accident. Rien ne les empêche de le dire à la police. Je serais alors interrogé comme témoin. Et si je n'arrivais pas à m'expliquer ? Je deviendrais peut-être un suspect, qui sait ? Je passe ma main sur mon visage, j'ai l'impression de suer. Je respire la bouche ouverte, haletant, mes yeux vont de gauche à droite. Je me suis arrêté ; rien ne se passe.

Une sirène stridente, à la manière des films américains, me fait sursauter. Je me retourne. Une voiture de police est là, qui avance tout doucement vers moi. Pleins phares dans la pluie légère, les roues mangées à moitié par le clapotis de la rue. Ne pas bouger, ne pas courir. Ce serait me dénoncer à coup sûr. De toute façon, mes jambes ont du mal à me porter, alors courir… La voiture est à ma hauteur, je ne peux décoller mon regard de ces hommes en uniforme. Ils passent devant moi. M'ont-ils seulement vu ? Je ne veux pas le savoir.

Où aller maintenant ? En tout cas, je ne peux pas rester ici. Le seul abri que je connaisse est ma chambre d'hôtel. Personne ne sait mon nom. Comment pourrait-on remonter jusqu'à moi ? Vite, je me précipite vers Nelson Road. À la réception, Jerry n'a pas bougé de devant sa télévision. Je ne m'attarde pas. Je passe sans faire de bruit et vais aussitôt m'enfermer dans mon bungalow.

Je me crois en sécurité. Je m'affale dans mon fauteuil et me sers un verre de punch. Je dois tenir jusqu'à demain matin et puis je disparaîtrai. Oui, absolument, c'est la solution. Me faire discret, invisible. D'ailleurs, si peu de monde sait que je suis ici, si je ne sors plus, je ne vais manquer à personne. C'est bien ainsi. La semaine prochaine, ils enterreront leur grand homme, et je serai déjà loin. De toute façon, cela ne me concerne pas. Je ne suis que de passage.

Le punch est délicieux. Bien frais, il glisse doucement dans la gorge, avant de se réveiller en brûlant l'estomac. C'est impressionnant, ce mélange différé entre un instant de tendresse et un arrachement qui renvoie dans la gorge un cri rauque. Mes yeux se sont fermés. Je savoure ce petit moment de paix solitaire. Loin de mon époque, de tous ces gens, hors de l'actualité. J'aimerais tant retrouver l'épaisse tranquillité que me procurait la mer. Je ne veux plus être seulement assis dans un fauteuil, je veux m'enfoncer dans un creux du monde, ne plus rien voir, ne plus savoir.

Et puis le film s'est mis à défiler devant mes yeux. Il a soulevé mes paupières et s'est incrusté en moi. Tout est sombre, c'est la nuit, mais au milieu du noir, des images lumineuses me traversent et font ressurgir des souvenirs que je ne comprends pas : le visage de Frantz ; il descend les marches du casino ; c'est le van d'Élie qui l'attend. Plus tard, un dérapage dans ma mémoire qui dure un siècle, la montagne et la pluie, toujours là. C'est interminable, jusqu'à une chute, atroce, pas dans un trou, non, c'est la fin de la route. Frantz, à ce point du passé est devenu un géant. De son ciré une main jaillit qui porte un panneau de signalisation et il le range dans le van. Frantz y monte à son tour et le petit camion vient vers moi. Je le vois s'approcher et mon œil, irrésistiblement, est attiré sur le côté, où court le film. Il y a là, sur la droite, une lumière qui disparaît, dévale une route en pente. C'est un détail dans l'image, fugace, à l'arrière-plan. Et si c'était ça qui donnait un sens à l'ensemble ?

Le van s'est arrêté et le visage d'Élie me hurle dessus. Le point lumineux au loin a fini de s'éteindre. Tout est terminé. La nuit s'est refermée sur la scène et je n'ai plus rien à voir dans cette montagne. Je me lève de mon fauteuil, le souffle coupé.

Cette petite lumière sur la mauvaise route, c'est la grosse voiture. Je la reconnais : c'est la Bentley de Robertson. Je suis le dernier à l'avoir vue. Élie et Frantz sont déjà repartis et je prends leur suite, pour rentrer à The Plain. Je me suis souvenu, c'est bien. Mais je ne suis pas soulagé, tranquillisé pour autant. Vient le moment des questions : pourquoi ? Je dois savoir.

Je me jette dehors, tant pis pour la pluie. Tiens, elle est vraiment moins forte. Je passe à nouveau devant Jerry.

— *Hello,* François !

— *Hello,* Jerry !

— Le soleil va revenir, tu sais ça ? La dépression est finie, demain il fera beau.

— Oui, juste le jour où je m'en vais !

— Et oui, *sorry !* Promène-toi bien aujourd'hui, profite !

— J'y compte bien ! À plus tard.

Mon petit 4x4 m'attend sagement depuis la nuit de l'accident. Je file vers Maho. Je veux revoir Élie, ce gars si sympathique, qui m'a ouvert son atelier et son cœur. Comment a-t-il pu faire une chose pareille ? Et qu'a-t-il fait véritablement ? J'ai besoin de savoir.

Pour aller chez Élie, peut-être aurais-je pu emprunter une route transversale, trouver un col, passer les mornes pour rejoindre la côte au vent. Mais cela m'est impossible. Comme si je craignais, dans la montagne, d'être arrêté par un géant, Frantz dans son ciré de marin breton. Ou pire encore, le fantôme de Robertson, coulé dans le bronze, qui jaillirait de la forêt. Je regarde dans le rétroviseur pour vérification : aucun d'eux ne me suit. J'évite la montagne en contournant l'île par le nord. Les mêmes villages, la savane sur les premières pentes, parfois de grands virages que j'imagine tomber sur des plages, mais non, la route continue.

Enfin, j'arrive au village de Maho. Je ralentis, mais je vais droit chez Élie. Je suis impatient et inquiet à la fois. Je cherche ce que je pourrais lui dire. Ai-je seulement le droit d'arriver ainsi chez lui pour lui demander des comptes ? Qui suis-je pour me permettre ça ?

Sa maison est fermée, personne ne répond, comme la première fois. Je me porte vers son atelier et là aussi je trouve porte close. Nulle trace de l'artiste, je l'appelle en vain. Je suis désemparé. Je voudrais tant lui parler, qu'il me donne des réponses, qu'il me dise que ce n'est pas vrai, que ce n'était pas lui.

— Élie, où es-tu ?

Les images recommencent à tourner dans ma tête, je sais que c'était lui dans le van. C'est aussi lui qui a peint le panneau de déviation, ce n'est pas une coïncidence tout de même. Pour l'accident, dis-moi, Élie, y es-tu pour quelque chose ? L'évidence me terrorise.

Je marche dans Maho, dans tous les sens, à sa recherche. À l'abri sous une jolie corniche de maison créole, deux vieux sont assis sur des fauteuils pliants. Je m'approche d'eux :

— Bonjour, messieurs !

— Bonjour, garçon !

— Connaissez-vous Élie, le peintre ? Il conduit un van vert.

— Élie ? Bien sûr qu'on le connaît ! Tu vois ces décorations au-dessus de nos têtes ?

Je lève le regard. Une frise en bois rose, légère comme des entrelacs de fleurs, court autour de la maison.

— Des *gingerbreads.* Les plus beaux de l'île.

Le vieux donne un coup de coude à son camarade.

— Normal, pas vrai ? C'est Élie qui me les a dessinés !

L'autre vieux acquiesce d'un hochement de tête et le premier continue à parler :

— Pour sûr qu'on le connaît ! Mais il ne conduit pas l'auto que tu dis, petit.

— Comment ça ?

— C'est simple : son van n'a jamais été vert. Il a toujours été orange, c'est bien connu.

J'ai l'impression désagréable que le temps se moque de moi : je suis revenu au premier jour. Élie me prend en stop, c'est un ange et son van n'est pas vert. Et moi je ne suis pas fou. Je l'ai vu dans son atelier, je l'ai vu devant le casino et encore dans la montagne. À confondre son van avec un camion de Greenland. Il en a changé la couleur je veux qu'il me dise pourquoi.

Je quitte Maho, mais pour aller où ? Je n'ai pas idée de l'endroit où Élie peut se cacher. L'île est son pays, pas le mien. Il doit en connaître tous les recoins, je n'en ai vu que deux ou trois plages. Je n'ai aucune chance de le retrouver. J'enrage.

Et Frantz ? Une fois, je l'ai vu s'engouffrer dans le hall d'un immeuble de la Marina. Mais la Marina est entièrement encerclée de ces bâtiments : comment retrouver le bon ? Au casino alors… mais il ne doit y être que le soir. J'y serai.

Pour le moment, c'est ma voiture qui conduit. Sans m'en rendre compte, je suis arrivé à Green Harbour, le principal port. De coquettes maisons blanches au milieu de jardins exubérants, voilà les bijoux de cette riche bourgade. Je ne fais que passer. Dans cette petite capitale économique, le commerce est roi, donc les

États-Unis ne sont jamais loin. On passe du Stadium où l'équipe locale s'entraîne au base-ball à un *supermarket,* d'un distributeur de billets verts à un restaurant de la chaîne Subway. Ce n'est certainement pas ici que j'aurais dû venir pour trouver les Antilles authentiques…

Tout à coup le revêtement de la chaussée a changé, passant du plus beau macadam à une vague piste urbaine, de terre suppléée parfois par du ciment. Les maisons aussi n'ont plus la même allure, le bois est partout mal couvert de peintures défraîchies. La crasse et la pauvreté ont pris demeure. Je vois un gosse sur une balançoire faite d'une corde et d'un pneu, on dirait un film sur le sud des États-Unis des années cinquante. Ma voiture fait un grand bruit en traversant un trou énorme creusé au centre de la rue, inondée par six jours de pluie. J'oblique vers la droite, la route se termine par un parking, devant un supermarché. Je m'arrête et je vais chercher d'autres rues, à pied.

Assez vite, entre deux maisons, j'aperçois le bleu de l'océan. J'approche avec une certaine joie, j'imagine déboucher sur une plage. Une dernière rue et là, c'est un autre monde. Cela tient à la fois de la galerie commerciale en plein air et de Disneyland. Des dizaines de boutiques sont alignées, avec des rabatteurs qui essaient de diriger le flux des touristes. Ils sont là, depuis peu débarqués, par centaines. Pâles, en short, parlant haut, des canettes de coca gigantesques à la main, la paille entre les dents, ils ont envahi l'espace autour de moi. J'ai l'impression d'aller à contre-courant, de sorte que je suis obligé de les regarder pour ne pas les heurter. Je marche, j'esquive et j'observe. Un type s'est déguisé en clown pour attirer des gens chez le champion du monde de la restauration rapide. C'est grotesque, mais ça fonctionne. Non loin, des hôtesses absolument ravissantes hèlent les clients potentiels, pour les faire entrer chez un marchand de vêtements ou de bijoux. Des tee-shirts par milliers sont suspendus à des fils, sur des cintres. Saint-Peter y est imprimé sur un fond de vagues, de poissons, de dauphins, tout y passe. Un iguane vert avec une queue immense a le privilège, lui, d'être drôle, dans sa laideur souriante. Je me l'achète, ce sera du meilleur effet pour mon jogging parisien. Je passe devant un casino noir et rouge, je regarde à l'intérieur. Des touristes en short, certains torse nu, s'esclaffent bruyamment, une chope de bière à la main. Je préférais le Rainbow.

J'en ai assez, je coupe à travers la terrasse d'un bar. Je me retrouve sur un *deck* géant, donnant juste sur la plage. Que c'est beau ! Et que c'est bon : personne ou presque. Je vais marcher dans le sable et le sourire revient. Je suis de nouveau en vacances, sur le point de tout oublier. Je savoure. Au loin, à environ six cents mètres, une belle anse d'un bleu tonique m'oblige à cligner de l'œil tant les reflets de soleil sont brillants. Je ne veux pas regarder ailleurs, c'est si somptueux, et je suis ébloui, presque aveugle. Je finis par fermer les yeux et je continue à marcher, heureux, seul au bord de l'eau.

En me protégeant d'un revers de main, je parviens à viser un carré de mer qui ne luit pas trop au soleil. Les navires de croisière sont là. Fantastiques, énormes. Je ne savais pas que cela pouvait exister. Ils sont longs, mais surtout ils sont hauts. Des immeubles de six étages embarqués sur des bateaux. Ils sont blancs, à peu près tous sur le même modèle, élancés vers la proue, avec un faux air de cétacé, des cheminées en guise de crête. Tiens, celle-ci est rouge, on la remarque de loin. Je me suis approché pour mieux voir. Du quai, je me trouve ridiculement petit à côté de ces mastodontes. Cela me semble anormal : pourquoi les faire si gros ?

Une sirène cataclysmique retentit d'un coup en provenance d'un de ces navires. Je sursaute, le vacarme est terrible. Je me demande si c'est une alarme, un accident. Pourtant, tout a l'air calme, aucun signe inquiétant. Je reste là encore un moment, à contempler. C'est si grand que l'œil n'en fait jamais le tour. Cela ne peut pas s'évaluer en mètres, non, il faudrait une nouvelle unité de mesure, pour l'étonnement. De derrière moi, des piaillements et des bavardages maintenant se font entendre. Je me retourne. Horreur, ils sont là ! Une colonne processionnaire de plusieurs centaines de touristes, voire plus, recrachée par les rues commerçantes de Green Harbour, tous ces gens si peu bronzés mais hilares, chargés de souvenirs, de boîtes de cigares ou de bouteilles de whisky, tous ceux qui tout à l'heure remplissaient le casino et les boutiques, tous en même temps me tombent dessus. La sirène du navire marquait la fin de la récréation : c'est le moment de remonter à bord et de repartir vers la prochaine escale. La croisière continue.

J'ai peur d'être happé par cette armée en bermuda. Vite, je m'échappe par un petit sentier, de l'autre côté du quai. Je gravis rapidement une vingtaine de mètres de rochers et je m'arrête. Je suis à l'abri, je me retourne. Des milliers de *Mr. And Mrs. Smith,* le visage écarlate d'avoir marché au soleil, se dirigent vers leur point d'embarquement. Bon vent.

Je reprends le chemin de ma voiture, en longeant la mer le plus longtemps possible. Quand je me décide à obliquer vers la droite, je choisis une petite rue que je ne connais pas. Sur une quarantaine de mètres, je suis le mur d'un hôtel, avant de tomber sur une façade peinte en trompe-l'œil. Surgi du sol et montant jusqu'à la cime du bâtiment, un superbe flamboyant m'arrête et me coupe le souffle. Je l'ai déjà vu dix fois, vingt fois, en plus petit. Sous la frondaison, une jeune fille est là, qui donne la main à un tout petit garçon. Je la reconnais. Doucement, mes yeux scrutent la gigantesque peinture, à la recherche d'une preuve, si besoin en était. Dans une demi-noix de coco, dessinée sur le sol, je lis cette inscription : *Elie Burns, 1987.*

L'inévitable lascar m'a suivi jusqu'ici, alors que c'est moi qui le cherchais. Depuis Maho, il avait pourtant cessé de me hanter. La mer, les touristes étaient parvenus à faire diversion, à mener mon esprit sur d'autres voies. Et le voilà qui revient, il surgit quand je m'y attends le moins. Cet arbre magnifique, jeté en pâture aux croisiéristes sur la façade d'un hôtel, est une invitation au retour. Tout est si évident, limpide, la jeune fille au petit garçon, c'est la Madone de The Plain, seulement l'enfant qu'elle n'a jamais eu est un peu plus vieux. Et cet arbre, l'arbre de sa mort, ce rouge qui éclabousse le mur n'est qu'un cri de souffrance. Élie, frère meurtri, depuis tant de décennies tu peins tes douleurs sur les maisons et sur les toiles, Élie, tu n'en pouvais plus. Il fallait que cela cesse, il fallait que vienne la nuit pour enfermer ton chagrin, à tout jamais clore cette obsession.

Le long de la côte sud, dans ma voiture, je suis maintenant apaisé. Je n'en veux plus à Elie, ni à Frantz. Ils ont fait ce qui leur semblait le plus juste, le plus mérité, pour soulager leur vie de misère. Je n'ai pas à les juger. C'est leur monde, leur île, leur malheur. Et je ne suis là que de passage.

Tout de même, j'aimerais tant les revoir, ne serait-ce que pour parler avec eux encore une fois. Mais comment est-ce possible ? Ce soir peut-être, au casino, je retrouverai Frantz. Autour d'un whisky-coca, nous parlerons.

DÉPART

Hier soir, le Rainbow brillait encore plus que de coutume. Même si la pluie avait cessé, l'eau s'était oubliée un peu partout et les néons se reflétaient dans mille petits éclats, à même le sol. Les éléments se mêlaient pour scintiller en d'innombrables gouttes de lumière et le casino devenait réellement féerique. Je contemplais son arche avant d'entrer, conscient que c'était la dernière fois. Le plaisir n'en était que plus grand, épicé par l'espoir d'une rencontre avec Frantz. L'instant devenait même excitant, à l'idée de partager avec lui le secret de la nuit précédente.

Aussitôt à l'intérieur, je portai mes pas vers l'hippodrome, en jetant un œil discret vers le colosse de la surveillance : il est là, descendu de son scooter, tout va bien donc. J'arrive à la piste des petits chevaux. Je m'arrête pour savourer les jolies parieuses assises sur les hauts tabourets, mais le charme n'opère plus. Déjà mes yeux vont de gauche à droite à la recherche de Frantz. Silhouette après silhouette, je scrute, mais je dois vite me rendre à l'évidence : il n'est pas là. Je suis terriblement déçu. Je ne peux pas croire que sa mue historique soit si achevée qu'il ne joue plus. Il doit revenir, c'est forcé, plus tard peut-être.

Je tourne dans le casino, au hasard. J'observe sans conviction les accros du bandit-manchot, je souris devant les exploits des champions de la roulette, j'écoute un peu l'orchestre, mais tout cela m'ennuie assez rapidement. Je regarde ma montre : 22 h 30, bientôt les danseuses vont apparaître. Frantz aussi, j'espère. Machinalement, je fais glisser mon doigt sur le bord de mon verre. Quand une jolie serveuse m'a placé sous le nez un plateau complet de cocktails, j'en ai choisi un en lui adressant le sourire le plus niais dont je suis capable. Mes yeux se sont portés sur un grand verre mystérieux : une teinte d'un bleu fuyant, traversé d'ondulations orangées ou brunes. Je ne savais absolument pas ce que c'était, alors je l'ai choisi. Et bien ce n'est absolument pas bon : un goût de bonbon pharmaceutique sorti de l'enfance, arrosé d'un alcool amer qui picote la langue. Alors au lieu de boire, je fais glisser mon doigt sur le verre, en regardant la décomposition des reflets marron dans le bleu.

Je soupire de ne rien faire, de n'avoir personne à qui parler. Ma dernière soirée a toutes les chances d'être ratée, à l'image de toute cette journée, d'ailleurs. Frantz ne viendra certainement pas, même les danseuses tardent. À quoi bon rester ?

— Bonsoir, mon cher ami !

Une solide poigne s'est accrochée à mon épaule et me force à me retourner. Un gaillard blond, barbu, plutôt élégant dans son costume noir, se trouve face à moi. Je ne le reconnais pas et cela doit se voir à mon air ahuri.

— Alors, vous ne me remettez pas ?

Ce français d'une autre époque me surprend un peu. Où ai-je déjà vu cet homme– là ? Sans mot dire il s'assoit à côté de moi et porte mon verre à ses lèvres.

— Tiens, je ne le connaissais pas, celui-ci. Pas fameux, à vrai dire. Cela ne vaut pas mon rhum arrangé.

Le barbu fouille dans la poche de son veston et en sort une petite poupée vaudou.

— Jack ! Oui, je vous reconnais, bien sûr !

— Cela me fait grand plaisir, François. Je commençais à penser que vous m'aviez oublié.

— Mais pas du tout ! Simplement, je ne m'attendais pas à vous trouver ici.

— Je m'en doute. Celui que vous attendiez ne viendra pas. Il ne fréquente plus ce lieu. Il s'est, pour ainsi dire, libéré.

— Oui, je comprends… autant que je peux ! Et vous, comment allez-vous, Jack ?

— Oh, bien, très bien ! Voyez-vous cette poupée ? Ridicule, hirsute, infamante. Quand je l'ai trouvée devant chez moi, elle était percée d'aiguilles. On m'avait condamné à mort. À présent, je les ai toutes retirées : je suis libre, moi aussi. Je crois même que je vais construire un pont en dur pour rejoindre ma maison. Je suis dans une phase d'optimisme, d'espoir. Je n'ai plus d'ennemi.

Un moment, je le regarde. C'est vrai qu'il a l'air sûr de lui. Son costume lui confère une classe qu'il n'avait pas dans la forêt. Je le trouvai alors plutôt gentleman-farmer, mélange de débrouillardise rustique et de bravoure militante. Ce soir, il a gagné une dimension supplémentaire. J'aimerais savoir pourquoi il a tant changé.

— Comment avez-vous fait, Jack, pour retirer les aiguilles de votre poupée ?

— Oh ! C'était difficile. Une vraie opération de combat. Mais sans violence. Du travail plutôt. Couper un arbre par exemple, le disposer au bon endroit, ça, je sais faire. De l'aménagement en quelque sorte.

— Oui, j'imagine. Comme déplacer un arbre qui serait tombé à cause du vent par exemple ?

— Voilà, c'est ça, précisément. Vous savez, ça peut tomber n'importe où, même en travers d'une route, ça peut être dangereux.

— Oui, je suppose, ça pourrait occasionner un accident.

— Pour sûr, ce serait possible, François. Dans ces contrées, tout est possible.

Un petit silence s'est installé entre nous. Tout est si calme, si tranquille. Cet homme, le plus paisiblement du monde, est en train de me parler d'un meurtre, d'un complot, mais son sourire est si gracieux.

— Mais dites-moi, Jack, vous connaissez donc Frantz ?

— Oh oui, c'est un vieil ami. Lui aussi avait de gros soucis dans sa vie, vous savez ?

— Oui, il m'en avait parlé. Et il espérait que cela finisse un jour, cela devait s'arrêter, disait-il.

— Absolument, ce n'est que justice. Voyez-vous, cher ami...

Jack a posé sa main sur mon avant-bras et me tient solidement, comme pour me retenir. Il s'est approché encore de moi, la tête vers mon épaule et commence à me parler sur le ton de la confidence :

— Voyez-vous, cette île a deux visages. Pour les touristes, on a façonné un petit paradis de douceur, à force de sourires, de plages, de chaleur et parfois de jolies filles à la peau foncée. Bref, ce qu'il n'y a pas chez vous et que vous venez chercher ici. C'est ça, la vraie définition du paradis : l'ailleurs. Non, François, ne m'interrompez pas, s'il vous plaît. Mais il y a un autre Saint-Peter, pour les gens d'ici, qui n'ont pas d'autre choix que d'y vivre. Eux n'ont pas fait volontairement six mille kilomètres pour venir. Ils sont nés ici, avec tout ce que cela implique d'héritages et d'obligations.

Jack s'est arrêté et tout de même reprend une gorgée de mon breuvage.

— Ce n'est pas que c'est bon, décidément, mais parler me donne soif. Cette île a aussi ses passions, ses histoires d'amour et de haine. Le soleil, dit-on, les exacerbe et le rhum, certes, ne les apaise pas. Il y a des moments où tout cela se déchaîne, le carnaval, la fête. C'est bon, mais cela peut-être terrible aussi. Et puis, il y a les cyclones, qui brisent la nature comme les hommes. L'île a donc ses victimes et ses héros, ses faibles et ses forts. Robertson était devenu le Maître du carnaval et du cyclone : c'était son côté magique. Il survivait à tout, dominait les éléments, façonnait l'Histoire. À côté de lui, des êtres brisés se débattaient dans leur vie atrophiée. Chacun se réfugiait où il pouvait : le jeu, la peinture, la forêt. Mais cela ne pouvait suffire. Notre vie méritait d'être rejouée. Nous avions droit à une autre chance. Alors, nous sommes devenus les Maîtres, à notre tour. En une nuit, nous avons écrit le texte d'une nouvelle pièce et cette petite tragédie dans la montagne a accouché de trois nouveaux destins.

Jack boit à nouveau, mais surtout sa main commence à broyer mon bras. J'essaie de me dégager, il me retient.

— François, où vas-tu ? Je n'ai pas terminé. Dis-moi, tu n'as pas envie de te prendre pour Robertson, d'intervenir dans notre vie pour la contrôler ? Remarque que ça ne lui a pas vraiment réussi. Non ? Voilà qui est raisonnable. Et puis, pensons à ce cher ami, le pauvre Frantz : il commence tout juste à vivre.

Laissons-lui ce bonheur. Et Élie ? Enfin guéri, peut-être, de sa terrible haine. Il vaudrait mieux ne pas la réveiller. Qu'en penses-tu, François ?

— J'en pense que tu n'as rien à craindre, je n'irai rien dire, à qui que ce soit. Et en plus, je repars demain, je n'interviendrai jamais dans votre vie. Et je pense aussi que tu peux lâcher mon bras. S'il te plaît.

Jack m'a adressé un large sourire et a desserré son étreinte. Du coup, moi aussi j'ai avalé une gorgée. Quand mon regard rencontrait Jack, j'avais l'impression d'avoir croisé l'ambassadeur d'une puissance occulte, le messager d'un ordre secret auquel je ne pouvais toucher. Les trois amis m'avaient envoyé le plus délicat, le plus subtile du trio. Un négociateur persuasif. Frantz se serait mis à bafouiller dans son verre. Je me souvenais du poing d'Élie sur les petits meubles de son atelier. Finalement, j'ai eu de la chance avec Jack.

Il s'est levé, m'a doucement tapé dans le dos et m'a salué.

— Heureux de t'avoir connu, François. Je garderai toujours dans ma mémoire une petite place pour toi. Mais ta vie est ailleurs. Je te souhaite un bon voyage, l'ami !

Jack s'en est allé. Je l'ai regardé partir sans chercher à le suivre. Dehors, un van orange devait l'attendre pour le ramener chez lui. Peu m'importait, je n'ai même pas bougé.

Ce matin, un taxi est venu me prendre. J'ai fait mes adieux à Jerry et je me suis installé dans la voiture, à la place du passager à l'avant côté droit. Le chauffeur s'est mis à rire et m'a indiqué l'autre côté, à gauche. Oui, j'avais oublié : la conduite est à droite. Je devais être déjà rentré en France, en pensée. J'ai changé de place et nous sommes partis. J'ai demandé au chauffeur de passer par le front de mer, une dernière fois.

Les boutiques ouvertes, les rues animées, tout semblait redevenu normal, comme au premier jour. Le marché grouillait de monde, les touristes étaient nombreux. Nous sommes passés devant les terrasses de café. Et là, mon regard s'est accroché à la fenêtre. À dix mètres à peine, assis autour d'une table, les trois compères buvaient en discutant. La voiture a ralenti et machinalement, je leur ai fait un signe de la main. Tous m'ont regardé et j'ai lu un sourire dans leurs yeux. Élie lissait ses *locks,* Frantz et Jack ont levé leur verre dans ma direction, la voiture a poursuivi son chemin.

J'aurais aimé continuer ce voyage dans une longue glissade de mélancolie et de douceur, bercé par la chaleur de paysages magnifiques… mais il était dit que ce devait être la fin des vacances, le bout du rêve. Billets verts et bousculade, le temps me rattrape, me noie dans l'aéroport, entre formalités et attente, dans la foule compacte. Enfin, je suis propulsé dans l'allée étroite d'un avion, mon ticket à la main. Je cherche ma place. Je m'assois, respire et c'est reparti pour une nouvelle attente. Un homme noir se présente à ma droite, il veut passer devant mes genoux pour gagner son siège, je me serre. Dans le mouvement, il fait tomber son passeport devant mes pieds. Je le ramasse ouvert et je lis son nom : Napoléon Voltaire. Je lui rends le document, marqué Répiblic d'Haïti.

Aussi loin, il reste donc un petit souvenir de la France, des noms au moins. Mon voisin, une fois assis, sort un journal, *Le Monde*. Je lui demande si, par hasard, on y parle de Robertson. Amusé, il accepte de tourner les pages internationales.

— Ah oui ! Ici, oh, pas grand-chose, juste un entrefilet. Il faut dire, ce n'était pas quelqu'un de très important. Même pas un dictateur !

REMERCIEMENTS

À Ahamada MARI, qui m'a fait l'amitié de dessiner l'illustration de couverture,

et aux Éditions CIRCÉ, qui m'ont permis de reproduire un passage du poème de Derek WALCOTT,

Shabine Leaves the Republic, extrait du recueil *Le royaume du fruit-étoile,* traduit par Claire MALROUX, 1992.

Table des matières

ROMANS
AUX ÉDITIONS L'HARMATTAN

Dernières parutions

BLESSURES
Récit

François-Xavier PERTHUIS

« François-Xavier Perthuis aborde la problématique de la perte d'un frère et d'une soeur avec une pudeur et une délicatesse de pensée tout à fait remarquables. » Extrait de la préface du Professeur Bernard Golse. Blessures est un livre poignant, fruit d'une longue élaboration, témoignage d'un jeune enfant esseulé et endeuillé dans sa fratrie, témoignage de l'adulte qu'il est devenu, réussissant à faire cohabiter une vie pleine et un deuil infaisable.

(Coll. Rue des écoles, 106 p., 12,5 euros)

ISBN : 978-2-343-15979-9, EAN EBOOK : 9782140104930

LES ÉTINCELLES D'UN AMOUR INTERDIT
Roman

Joséphine Loppy

II est de ces histoires qui nous marquent à jamais ? C'est le cas avec Lizzie Anne qui a vécu, à un moment donné, une des périodes les plus sombres de sa vie, chez ses parents, qui l'ont blessée, détruite, humiliée, à cause d'un homme. Le seul qu'elle a vraiment aimé dans sa vie. Mais avec le temps et un peu de recul, cette femme s'est reconstruite petit à petit, tout en essayant de se libérer du poids du passé, par le pardon qui est la seule arme pour une paix intérieure et sociale durable.

(Coll. Harmattan Sénégal, 96 p., 12 euros)

ISBN : 978-2-343-15545-6, EAN EBOOK : 9782140105814

CHRONIQUES D'UN MOUZOUNGOU EN RÉPUBLIQUE DÉMOCRATIQUE DU CONGO
Récit

Franck ABEILLE

Bienvenue dans un pays où l'improbable est quotidien. Ici, chaque instant de vie est intense, inattendu et imprévisible, parfois impossible. C'est un véritable ascenseur émotionnel et on ne peut rester indifférent à ce que l'on vit et voit dans cette immense contrée d'Afrique centrale, parfois oubliée de tous. Si chaque brève se lit individuellement, le tout constitue un résumé d'un pays vivant et torturé, où les hommes se confrontent quotidiennement dans une bonhomie surprenante.

(Coll. Rue des écoles, 116 p., 13,5 euros)

ISBN : 978-2-343-16107-5, EAN EBOOK : 9782140105425

LE PARFUM DES NARCISSES

Sandra DUGAS

Après neuf ans de mariage, Tom annonce à sa femme qu'il la quitte pour aller vivre chez sa maîtresse. Mais tout aurait été plus simple si la rupture avait été définitive. À la manière d'une araignée qui emprisonne sa proie dans sa toile, Tom garde une emprise sur sa femme. En effet, depuis le lieu d'habitation de sa nouvelle compagne, il n'aura de cesse de la manipuler et de la tourmenter en lui faisant miroiter son retour. Jusqu'où Tom sera-t-il capable d'aller pour asseoir son pouvoir ?

(Coll. Amarante, 200 p., 19,5 euros)

ISBN : 978-2-343-16127-3, EAN EBOOK : 9782140104985

SABOR

Roman

Abdou Diop

Ce roman raconte la saga d'une famille dont l'histoire se confond avec celle du mystérieux royaume de Sabor, ce vaste territoire perdu dans le continent noir et qui vivait paisiblement selon les règles ancestrales jusqu'au jour où l'homme blanc y posa les pieds. À travers ce récit, l'auteur promène son miroir sur plusieurs générations de Saboriens et nous fait découvrir cette contrée depuis sa fondation jusqu'à son indépendance, en passant par l'arrivée des Blancs et le début de la colonisation.

(Coll. Harmattan Sénégal, 186 p., 18 euros)

ISBN : 978-2-343-15867-9, EAN EBOOK : 9782140105302

LES TOURMENTS DE CHARLOTTE

Roman

Lirian

Est-ce par nature que la femme est plus disposée que l'homme à supporter les défauts de son conjoint ? Que ressent-elle en découvrant qu'en plus des défauts courants, son mari s'est, comme par trahison, laissé emporter dans la spirale du vice, mettant en péril le confort d'un foyer harmonieux et faisant éclater une cellule familiale patiemment bâtie ? Comment peut-elle réagir face aux humiliations que ce chamboulement fait peser sur sa propre dignité ? Pour aborder cette thématique, l'auteur se situe du point de vue de la femme, forcée de subir les effets et conséquences des choix et des actes de son mari.

(134 p., 14,5 euros)

ISBN : 978-2-343-16118-1, EAN EBOOK : 9782140104497

TU FERAS CE QU'ON TE DIRA

Une menue grand-mère, très âgée mais lucide, se demande chaque soir avant de s'endormir si ce sera son dernier sommeil, éprouvant une angoisse récurrente devant l'énigme de la fin de vie, associée à l'espoir d'échapper enfin à l'insipidité de sa terne existence. Banale dualité ou fondamental questionnement ? Or, un événement imprévisible va déclencher à la fois le décompte de ses dernières heures et le film de son parcours sur terre. Ce bouleversement va révéler combien une frêle silhouette à la démarche hésitante peut contenir, jusqu'à son ultime souffle, d'espoirs déçus, de drames, de joies, de combats, de défaites et de victoires.

(Coll. Écritures, 246 p., 22,5 euros)

ISBN : 978-2-343-15920-1, EAN EBOOK : 9782140104527

UN RUBAN BLEU POUR EMÉRANCIA

Roman

Marie-Flore Pelage

Emérancia semble mener une existence tranquille auprès de son mari Gabin. Un drame a néanmoins bouleversé sa vie : la perte de ses jumeaux, suite à laquelle son époux n'a eu de cesse de lui opposer mutisme et mépris. Une rencontre insolite permettra cependant à Emérancia de trouver en elle la force nécessaire pour résister et refaire surface. Ce roman décrit un processus d'acceptation, l'acceptation de la différence, qu'une parole donnée, symbolisée par un bout de ruban, amènera à accepter.

(Coll. Lettres des Caraïbes, 240 p., 21,5 euros)

ISBN : 978-2-343-15674-3, EAN EBOOK : 9782140104695

LA GENÈSE OU L'AMOUR FOU

Max Memmi

Un récit biblique en forme de conte. La Bible réinventée, réenchantée. Sept chapitres nous racontent avec humour les aventures rocambolesques des principaux personnages de la Genèse : Ève, Caën, Noé, Abraham, Ismaël, Isaac et Joseph. Une fresque relatant des épopées dignes du Gargantua voltairien, sans compter celle de l'Éternel Dieu lui-même, véritable héros de cette fresque truculente, soupe au lait et bipolaire, tendre et coléreux, aussi évanescent qu'omniprésent. La lecture de ce roman est jubilatoire.

(Coll. Littératures/Orizons, 158 p., 19 euros)

ISBN : 979-10-309-0183-2, EAN EBOOK : 9782140105043

JUSQU'À CE QUE LA VIE...

C'est la rencontre entre deux hommes que tout oppose. Ils échangent, se parlent et sympathisent. Leur cinquantaine dépassée les fait se retourner sur leurs parcours, évoquer leurs itinéraires respectifs, prendre la mesure des illusions perdues et de celles qui perdurent. Le courant passe et ce moment est une parenthèse qui va, de toute manière, vite se refermer. Alors pourquoi ne pas se confier à cet inconnu que jamais l'on ne reverra ?

(Coll. Rue des écoles, 200 p., 19,5 euros)

ISBN : 978-2-343-15877-8, EAN EBOOK : 9782140104572

SON SOURIRE ME MANQUE

Roman

Abderrahim Bentalbi, Yesmine Gargoubi

Durant son voyage, Abdelhadi se trouve au coeur d'une quête passionnée et passionnelle de la paix, de l'amour et du bonheur, non sans toucher de près aux noirceurs de la condition humaine. D'une gare à une autre, le jeune professeur qui « travaille le jour et cogite le soir » ne cesse de tenter de se rapprocher de l'objet de sa quête. Arrivera-t-il à ses ns au terme de ce récit ? Cet ouvrage peut-il guider le lecteur sur le chemin du bonheur ? Son sourire me manque est une ode à la découverte de soi et à l'épanouissement personnel.

(Coll. Harmattan Algérie, 202 p., 19,5 euros)

ISBN : 978-2-343-15751-1, EAN EBOOK : 9782140101366

J'ÉTAIS CELLE QUI DÉRANGEAIT

Roman

Jean-Alexis Mfoutou

Pensée, la nièce de Tonton Quelqu'un, est née en Afrique où elle grandit et fait ses études. Elle rêve de parler le français comme le président de la France, son idole. Après son bac, Pensée obtient une bourse d'études pour la France où elle termine ses études d'avocate. Très vite, elle milite dans le parti politique de son idole et est élue députée. Le monde s'ouvre à elle, jusqu'au jour où elle se rend compte qu'elle devra payer son élection d'un rejet de ceux-là mêmes qui l'avaient élue, parce qu'elle venait d'ailleurs. Pensée va lutter et souffrir... jusqu'à ce que les mots prennent la parole.

(132 p., 14,5 euros)

ISBN : 978-2-343-15812-9, EAN EBOOK : 9782140103230

L'AMOUR À L'OMBRE DES GUERRES TRIBALES

Roman

Eugène Nzamboung

L'intrigue de ce roman est construite autour d'un drame occasionné par les guerres tribales opposant les Mabi aux Bonua, dans la ville camerounaise de Kribi. Ainsi, le couple de Bapite (un Bonua) et Nabvuna (une Mabi) payera le prix fort de ce tiraillement inconséquent. Ce roman est une immersion dans la multiculturalité camerounaise des problématiques du vivre-ensemble, du choc des identités et de la construction d'une nation. Ce récit est le triomphe de l'amour, valeur universelle qui construit des ponts plutôt que des barrières.

(Coll. Harmattan Cameroun, 196 p., 19 euros)

ISBN : 978-2-343-15411-4, EAN EBOOK : 9782140104121

DE L'OR SUR LES DOIGTS

Diaty Conde

Ce roman aborde le métal jaune et ses mystères. Dans le Manden, l'or a tué des femmes et des hommes, parce qu'il a été volé par eux; il a provoqué des maladies mentales chez des villageois, parce qu'il a été détourné par eux, etc. dans les mines aurifères, l'or ne s'offre qu'aux mineurs artisanaux dont le comportement social est jugé irréprochable. Pour l'auteur, l'or est à la fois une pierre bénie et maléfique.

(Coll. Harmattan Guinée, 110 p., 12,5 euros)

ISBN : 978-2-343-16100-6, EAN EBOOK : 9782140104176

MURUTIGUI OU LE SABRE DU REFUS

Yamoussa Sidibe

C'est l'histoire d'un jeune garçon, Sona-Mory, qui, pour libérer sa mère, se fit esclave d'un seigneur de guerre. Il constitua le plus grand Empire d'Afrique de l'Ouest au XIXe siècle, une période où les armées européennes se disputaient les territoires du continent africain. Amour, patriotisme, intrigues, trahisons et résignation sont les trames de ce livre qui s'immisce dans l'intimité des grands hommes ouest-africains du XIXe siècle.

(Coll. Harmattan Guinée, 184 p., 19,5 euros)

ISBN : 978-2-343-16052-8, EAN EBOOK : 9782140104091

Structures éditoriales du groupe L'Harmattan

L'Harmattan Italie
Via degli Artisti, 15
10124 Torino
harmattan.italia@gmail.com

L'Harmattan Hongrie
Kossuth l. u. 14-16.
1053 Budapest
harmattan@harmattan.hu

L'Harmattan Sénégal
10 VDN en face Mermoz
BP 45034 Dakar-Fann
senharmattan@gmail.com

L'Harmattan Cameroun
TSINGA/FECAFOOT
BP 11486 Yaoundé
inkoukam@gmail.com

L'Harmattan Burkina Faso
Achille Somé – tengnule@hotmail.fr

L'Harmattan Guinée
Almamya, rue KA 028 OKB Agency
BP 3470 Conakry
harmattanguinee@yahoo.fr

L'Harmattan RDC
185, avenue Nyangwe
Commune de Lingwala – Kinshasa
matangilamusadila@yahoo.fr

L'Harmattan Congo
67, boulevard Denis-Sassou-N'Guesso
BP 2874 Brazzaville
harmattan.congo@yahoo.fr

L'Harmattan Mali
Sirakoro-Meguetana V31
Bamako
syllaka@yahoo.fr

L'Harmattan Togo
Djidjole – Lomé
Maison Amela
face EPP BATOME
ddamela@aol.com

L'Harmattan Côte d'Ivoire
Résidence Karl – Cité des Arts
Abidjan-Cocody
03 BP 1588 Abidjan
espace_harmattan.ci@hotmail.fr

L'Harmattan Algérie
22, rue Moulay-Mohamed
31000 Oran
info2@harmattan-algerie.com

L'Harmattan Maroc
5, rue Ferrane-Kouicha, Talaâ-Elkbira
Chrableyine, Fès-Médine
30000 Fès
harmattan.maroc@gmail.com

Nos librairies en France

Librairie internationale
16, rue des Écoles – 75005 Paris
librairie.internationale@harmattan.fr
01 40 46 79 11
www.librairieharmattan.com

Lib. sciences humaines & histoire
21, rue des Écoles – 75005 Paris
librairie.sh@harmattan.fr
01 46 34 13 71
www.librairieharmattansh.com

Librairie l'Espace Harmattan
21 bis, rue des Écoles – 75005 Paris
librairie.espace@harmattan.fr
01 43 29 49 42

Lib. Méditerranée & Moyen-Orient
7, rue des Carmes – 75005 Paris
librairie.mediterranee@harmattan.fr
01 43 29 71 15

Librairie Le Lucernaire
53, rue Notre-Dame-des-Champs – 75006 Paris
librairie@lucernaire.fr
01 42 22 67 13